KiWi 322

Über das Buch

»Vermutlich das Anständigste (...), was ich geschrieben habe«, urteilte Vicki Baum selbst über die Qualität der vorliegenden Erzählungen, die sie Novellen nannte.

In ihnen erweist sie sich fernab des Genres der gehobenen Unterhaltungsliteratur, dem sie ihre große Popularität verdankt, als souveräne, differenzierte Erzählerin. Die Novelle »Der Weg« von 1925 war ein Meilenstein in ihrer schriftstellerischen Karriere. Mit ihr gewann sie den ersten Preis in einem Erzählwettbewerb und das besondere Lob des Jurymitglieds Thomas Mann. Wie die anderen frühen Texte »Hunger« und »Jape im Warenhaus« sowie die 1941 im amerikanischen Exil verfaßte Titelgeschichte »Der Weihnachtskarpfen« besticht diese Erzählung durch die ebenso zupackende wie leichtfüßige Sprache, durch die meisterliche Spannung und das große Einfühlungsvermögen in die menschliche Psyche. Die Geschichten über Krieg, Hunger, Liebe und Tod sind von unerwarteter Radikalität. Ihre Menschen machen allesamt mitten in der tristen Gewöhnlichkeit des Alltags außergewöhnliche Erfahrungen, stoßen an ihre Grenzen – und scheitern.

Ein Teil ihrer Prosa gehöre in ein »bescheidenes Unterhaltungseckchen«, ein anderer »vielleicht doch in etwas bessere Gesellschaft«, sagte Vicki Baum einmal in ihrer unnachahmlichen wienerischen Art über ihr Werk. Mit den Erzählungen dieses Bandes hat sie sich einen dauerhaften Platz in der deutschsprachigen Literatur erschrieben.

Über die Autorin

Vicki Baum wurde 1888 in Wien geboren. Arbeitete als Redakteurin verschiedener Zeitschriften des Ullstein-Verlags in Berlin. 1931 Übersiedlung in die Vereinigten Staaten. Schrieb 30 Romane und Erzählungen, die ihr Weltruhm verschafften. Starb 1960 in Hollywood.

Weitere Titel bei k&w:

Cahuchu, Roman.
Die große Pause, Roman.
Der große Ausverkauf, Roman.
Die goldenen Schuhe, Roman.
Liebe und Tod auf Bali, Roman, KiWi 60.
Hotel Shangai, Roman, KiWi 69.
Es war alles ganz anders, Erinnerungen, 1987.

Vicki Baum

Der Weihnachtskarpfen

Erzählungen

Kiepenheuer & Witsch

Umschlag: Manfred Schulz, Köln
Satz Fotosatz Froitzheim, Bonn
Druck und Bindearbeiten Clausen & Bosse, Leck
ISBN 3-462-02306-3

Hunger
9

Der Weg
53

Jape im Warenhaus
86

Der Weihnachtskarpfen
112

Hunger

Frau Kreitlein öffnete die Türe mit einer Gebärde, als handle es sich um den Eintritt in ein Raritätenkabinett. »Das wäre die Stube«, sagte sie und schaute der Dame erwartungsvoll auf den Mund.

Die Dame sah genau wie ein kleiner Vogel aus; sie hatte ein etwas ausgerupftes Federkräuschen um den Hals, und auf ihrem Kopf balancierte ein Hütchen, das durchwegs mit gefärbten Schwalbenschwänzchen garniert war. Sie bewegte Kopf und Hütchen in kleinen Rucken, Spannung war in ihrem Vogelgesicht zu bemerken, und sie sagte: »Es hat ja grüne Tapeten –?«

»Ja –; nun –; grüne Tapeten hat es eben«, sagte Frau Kreitlein und warf den Wänden vorwurfsvolle Blicke zu.

»In grünen Tapeten könnte Gift sein –«, sagte die Dame sinnend und griff die Wände an, die ein etwas speckiges Gehaben an den Tag legten.

»Gift – i wo«, sagte Frau Kreitlein. Die Tapeten waren nicht neu, sie hatten hellere Stellen, wo die früheren Mieter die Fotografien ihrer Lieben hängen gehabt hatten, über dem Sofa hingegen dunkelte es etwas, da war der Lieblingsplatz von Provisor Schnetkes Pomadekopf gewesen. Frau Kreitlein rückte einen Trompeter von Säckingen in das beste Licht und sagte: »Es ist ein schönes Zimmer, nur, wie gesagt –«

Aber die Dame hielt noch beim Gift. »Arsen kann in grünen Tapeten sein«, äußerte sie und schien angeregt. »Haben Sie nicht von dem Bankier Oppenheimer in Petersburg gelesen, den seine Erben durch grüne Tapeten vergifteten? Nein? Sehr interessant. Auch in den Memoiren aus Louis-quatorze-Zeiten kann man von solchen Dingen lesen. Man fühlt

sich dann eine Zeitlang außerordentlich wohl in solchem Zimmer, man blüht auf, nachher fängt man an zu verfallen und stirbt unrettbar. Arsen könnte also in den Tapeten sein«, beschloß sie und rückte mit ihrem Vogelkopf weiter.
»Aber es ist ja vergittert!« rief sie leise und faltete die Hände. »Was hat das Gitter am Fenster zu bedeuten?«
»Es ist wegen dem Gör«, sagte Frau Kreitlein; »das krabbelte früher immer aufs Fenster, und das war doch die Wohnstube, und da sagte mein Mann, laß uns doch ein Gitter machen, sonst fällt er noch raus, das Gör nämlich, denn damals war es noch klein, sechs Mark haben die Stangen allein gekostet, gearbeitet hat es mein Mann, er ist ja gelernter Schlosser, und glauben Sie, kaum war das Gitter da, nie wieder krabbelte das Gör aufs Fenster, aber so sind die Kinder.«
»Hinter vergitterten Fenstern –«, sagte die Dame versonnen, um gleich darauf den Kopf zu heben und in entschlossenem Ton zu beenden: »Das Zimmer gefällt mir; was kostet es?«
»Achtzehn Mark im Monat werden ja nicht zuviel sein, mit Kaffee, und wenn die Dame was zu waschen hat, das kann ich ja mitwaschen, nur eben, daß der Eingang durch die gute Stube ist, aber ich finde immer, das sieht doch ganz fein aus, wenn die Dame Besuch bekömmt, und der geht durch die gute Stube, ein Pinjano steht auch drin, das ist noch von Herrn Schnetke her, der war immer unpünktlich mit der Bezahlung, und schließlich rückte er ganz aus, und da gaben wir den Pinjano nicht her, spielen kann es ja keiner, aber wie macht es sich in der guten Stube, es gehört ja förmlich hinein, und mein Mann sagt, wenn das Gör größer ist, kann es ja Klavierspielen lernen, sagt er. Natürlich ist die Bezahlung pränumerando.«
»Natürlich«, sagte die Dame und errötete schwach. »Ich bezahle den ersten Monat gleich, in Zukunft kann das mein Bankier in Ordnung bringen.«
Frau Kreitlein sah wieder der Dame erwartungsvoll auf den

Mund und fragte: »Was hat die Dame für einen Beruf, wenn ich fragen darf?«
»Ich bin Klaviervirtuosin; jetzt spiele ich etwas weniger in Konzerten, aber ich gebe besonderen Talenten Unterricht. Ich war Professorin der Musik am kaiserlichen Konservatorium in Petersburg; aber die politischen Verhältnisse waren in letzter Zeit nicht mehr verlockend dort, Sie verstehen – nun, reden wir nicht davon; es regt mich auf.« Wirklich schien die Dame aufgeregt; ihre Mundwinkel zitterten ein wenig und die Hände auch. Sie trat an das Fenster, lehnte das Schwalbenhütchen an das Gitter um sechs Mark und starrte hinaus.
»Wie schwarz und tief es da hinuntergeht; wie eine Schlucht –«, sagte sie leise.
»Ja, sieht die Dame, da ist nun das verdammte Kohlenlager im Vorderhof. Sollst mal sehen, wer da in das Vorderhaus kommt, sagte mein Mann, wie der alte Wilke starb, der die Kunstglaserei hatte, wissen Sie, das kann nur ein Reicher bezahlen mit den Nebenräumen, und wer hat heutzutage das Geld, da kommt so ein Kohlenfritze daher, Köbeling heißt er, und macht das ganze Haus dreckig, das Gör hat immer eine schwarze Nase, Junge, sagt mein Mann, haste wieder Kohlen gefressen, sagt er, aber es nützt kein Reden, immer ist die Nase schwarz. Von den Stiefeln will ich schweigen.«
Und das tat Frau Kreitlein. Sie hatte nur Anfälle. Sie hatte Viertelstunden, wo sie über jedes Komma hinwegrasen mußte, bis alles gesagt war. Aber sie hatte Stunden, wo sie schwieg wie ein begabter Diplomat. »Wenn ich um den Namen bitten dürfte«, sagte sie nur noch und verstummte dann gänzlich.
»Hier ist meine Karte«, sagte die Dame. »Und hier ist die Bezahlung für einen Monat. Allerdings habe ich noch eine Bedingung zu stellen –« Frau Kreitlein erschielte auf der Karte ein kleines von, sie öffnete staunend den Mund und

rückte der Karte näher. Gabriele von Gabrilow, Klaviervirtuosin. Die achtzehn Mark lagen daneben, pränumerando und ohne lange Auseinandersetzungen. Frau Kreitlein war nicht besonders verwöhnt, Herr Schnetke lag nicht als einziger dunkler Punkt in ihrer Vermietungsvergangenheit. »Was die Dame wünscht«, sagte sie beflissen. Das Vogelköpfchen errötete leicht, die zitternden Finger bewegten sich schwach, und sie sagte: »Ich habe da ein Tierchen, ein ganz kleines Tier, ein süßes kleines Geschöpf; von dem kann ich mich nicht trennen. Es ist mein einziges Glück.«
Nanu, dachte Frau Kreitlein, aber da sie ihre schweigsame Stunde hatte, wartete sie stumm.
»Es ist in einem Käfig; es ist gar nicht zu bemerken«, sagte die Dame, und ihre gestopften Zwirnfinger zitterten stärker.
»Ein Vogel?« fragte Frau Kreitlein.
»Nicht einmal; ein Vogel macht Lärm; es ist ein so stilles kleines Tier. Es ist mein ganzes Glück. Erinnerungen hängen daran –«
»Eine Katze?«
»Nicht einmal. Katzen sind falsch. Es ist ein Iltis.«
»Was?« fragte Frau Kreitlein.
»Ein Iltis. So etwas wie ein Edelmarder, wissen Sie: ein Iltis.« »Stinkt es?«
»Er ist ja zahm«, sagte die Dame flehend.
Frau Kreitlein schüttelte den Kopf. Was diese feinen Damen alles haben, dachte sie. »Wenn es nicht stinkt – denn man zu«, entschloß sie sich, gestärkt durch einen Blick auf Geld und Karte.
»Dann will ich also meine Koffer bringen lassen«, sagte die Dame, und nun erst schaute sie besitzergreifend den ganzen Raum an. »Ich werde einige Familienbilder herhängen und etwas von unserem Familiensilber aufstellen, dann wird es ganz hübsch hier. Leider ist mein Flügel noch in Petersburg – es sind – Zollschwierigkeiten –«

»Sie können ja immer mal auf dem Pinjano spielen«, sagte Frau Kreitlein, und ihr Ton wurde gleich etwas gönnerhaft, die Dame machte eine hochmütige Bewegung mit den Zwirnhandschuhen. »Danke bestens«, sagte sie knapp. Es roch heftig nach anbrennender Milch. Frau Kreitlein entstürzte dem Zimmer, draußen brüllte gleich darauf ein Kind. Die Dame schaute sich noch einmal um, besah die grünen Tapeten, das Gitter, die schwarze Schlucht und atmete zufrieden.
»Das Tierchen bringe ich selbst«, sagte sie. Sie war sehr froh.

Frau Kreitlein stand im Gemüseladen an der Ecke und hatte ihren Anfall.
»Ein feines Fräulein haben wir diesmal, ein wirklich feines, gleich pränumerando bezahlt und kein Wort über den Preis, achtzehn Mark, wo es doch nur in den dreckigen Kohlenhof hinausgeht, mein Mann sagt, hättest zwanzig verlangen sollen, sagt er, aber so ist man doch nicht, fein kann einer sein und braucht deshalb nicht viel Geld zu haben, aber wie der Kohlenfritze im Vorderhaus, der hat dickes Geld, wer weiß wie, und keine Bildung, wenn auch der Sohn auf Doktor lernt, das ist doch nicht fein, sage ich zu meinem Mann, sei froh, wenn sie pünktlich zahlt, mein Mann sagt, es wird schon einen Haken haben, sagt er, gewiß kommt dann jeden Abend der Bräutigam, oder es ist sonst eine Unsittlichkeit dabei, wer weiß, wo sie das Geld her hat, sagt er, da mach dir keine Sorgen, sage ich, an die rührt keiner an von wegen Bräutigam, schön ist sie ja nicht, das muß wahr sein, aber ein feines Fräulein. Zwei schwere Koffer hat sie, ihr Vater war doch Statthalter von Masuren, und durch die politischen Verhältnisse ist sie in schlechte Lage gekommen, jetzt ist sie Klaviervirchtuosin, spielen kann sie, sage ich Ihnen, sie spielt manchmal auf das Pinjano, dann kann sie ein Stück besonders, das heißt Schopäng, das trillert nur so, das Herz bleibt

einem stehen, so schnell geht es. Was haben Sie nur für geschickte Finger, sage ich, und so kleine Hände dabei und kleine Füße, der Willi, das Gör, könnte bald Ihre Schuhe tragen, da lacht sie nur so fein, das ist die gute Rasse, sagt sie. Mit dem Willi, dem Gör, ist das überhaupt eine Liebe und Seligkeit, weil sie doch das Tierchen hat, es ist ihr ganzes Glück, sagt sie, rührend war das direkt, es ist ganz niedlich, der Willi sitzt den ganzen Tag vor dem Kasten und schaut es an, es riecht ein bißchen, aber schließlich ein Hund riecht auch, wenn er naß wird, und das Iltis riecht nur, wenn es erschrickt, den Willi kennt es nun schon, da erschrickt es nicht mehr, da riecht es auch nicht, bloß wenn ich im Zimmer sauber mache, da riecht es, aber man kann nichts sagen, sie hat es von ihrem Verlobten geschenkt bekommen, einem Grafen, er ist dann in den Kolonien gefallen, es ist das letzte Andenken an ihn, da hat man doch nicht das Herz und sagt, es riecht. Am meisten freut sie sich über die grüne Tapete, ich spüre es schon, Frau Kreitlein, sagt sie, es fängt schon an, was denn Fräulein, sage ich, es geht mir schon viel besser, ich blühe ordentlich auf. Na, dann ist's ja recht, sage ich, von Aufblühen kann man nämlich wirklich nichts merken, sie ist ein bißchen wunderlich in manchen Sachen, mein Mann sagt, die hat nicht nur ein Iltis, die hat auch einen Vogel, sagt er, aber das ist unrecht, es ist wirklich ein feines Fräulein; jeden Abend schreibt sie in ein Heft Memoaren, das ist so Mode bei den Adeligen, sie hat uns schon daraus vorgelesen, der reinste Roman, man kann es in der Zeitung nicht schöner haben, dem Willi lernt sie am Pinjano ein Stück als Überraschung zum Geburtstag von meinem Mann, das Gör ist wie ausgewechselt, seit das Fräulein im Haus ist, dafür gebe ich das Iltis den Küchenabfall zum Futter, es riecht wie im Affenkäfig bei uns, sagt mein Mann, aber ich sage, lieber ein Iltis als die Geschichten mit den Mannsleuten wie bei der letzten Person, die wir hatten, wenn es auch riecht, sobald es

Angst hat; nun also zwei Pfund Zwiebeln, aber von den neuen, Herrn Rapenstiel.«
Und Frau Kreitlein schließt den Mund und wird nun zwei Stunden lang kein Wort reden.

Gabrilowsky heißt die Dame, die bei Kreitleins wohnt; Gabriele Gabrilowsky, Tochter des verstorbenen Verwalters Gabrilowsky aus Zwienice im Kreis Groß-Strelitz, neununddreißig Jahre alt, alleinstehend, Private, im Bezug einer Gnadenpension von monatlich fünfunddreißig Mark. Kein Vater Statthalter, kein Bräutigam Graf, kein Flügel, kein Bankier, ach nein. Eine Hochstaplerin also? O nein, ihr Lieben, gewiß keine Hochstaplerin. Was sie erzählt, ist wahr, weil sie es glaubt; sie betrügt ja niemand, sie zahlt so pünktlich ihre achtzehn Mark, pränumerando – obwohl das nicht immer einfach ist – sie macht keine Ansprüche, sie bezweckt nichts mit ihren Porträts, dem Familiensilber und den adeligen Memoiren. Nur, ihr Lieben, gibt es Menschen, die es nicht vermögen, das Wirkliche auszuhalten, ihm in die Augen zu schauen gleichsam, sie sind auf der Flucht, sie müssen ein bißchen Klingklang haben, ein wenig Schnörkelwerk um dieses unerträgliche, armselige Stückchen wirkliches Leben.
Wie sieht es aus, dieses Leben, wie ist es denn beschaffen? Es hastet ein Mensch die Kaiserstraße entlang, ein kleiner Mensch mit einem Vogelkopf, einem Schwalbenhütchen, einem gerupften Federkräuschen, ein winziger, verängstigter Mensch mit ewig zitternden Fingern, die lange, endlose Kaiserstraße dahin. Das Hütchen sitzt schief, es ist immer in Gefahr herunterzufallen, die schwarzen Vogelaugen wandern unstet, es läuft ein wenig Schweiß die Schläfen herunter, der rechte Zeigefinger hält sich krampfhaft am rechten Daumen fest, denn dort hat der Zwirnhandschuh ein Loch, schon wieder, und das darf bei einer Dame von altem Adel nicht vorkommen. Lacht nicht, ihr Lieben. Zwei Familien

hat das Fräulein, wo es Klavierunterricht erteilt, Klavierunterricht nach bewährter Methode, die Stunde zu sechzig Pfennig. Die eine Familie wohnt im Westen, es sind Konditor Manneckes in der Mollerstraße. Die andere Familie, Feldwebel Krönje, haust im Proviantamt, im Norden der Stadt, oder vielmehr dort wo der Norden aufhört, wo die Stadt aufhört, wo nur mehr Bauplätze sind, Fabrikschlote und eben jenes Proviantamt, wo Krönjes hausen. Beide Familien aber sind versessen darauf, am Mittwoch nachmittag Klavierstunde zu haben, denn da sind die Kinder schulfrei. Die ganze Woche sitzt das Fräulein untätig herum in ihrem grünen Zimmer über der Kohlenschlucht, weiß nicht, wie sie die leeren Altjungfernstunden hinbringen soll. Da ist zwar das Tierchen, ja, aber es wird alt und will viel Ruhe und Schlaf, und da sind die Memoiren zu schreiben; und dann ist neuerdings noch das Pianino in der ungeheizten guten Stube und der Willi, das Kind, der die Zeit verbringen hilft; trotzdem: Die Woche ist lang, und das Fräulein hat nichts zu tun. Aber Mittwoch und Samstag wollen beide Familien ihren Klavierunterricht, und auch womöglich zu gleicher Zeit.
»Gnädige Frau!« fleht das Fräulein die Konditorin an – sie sagt zu den Müttern ihrer Klavierkinder immer gnädige Frau – »Geht es denn nicht eine Stunde früher, eine halbe Stunde wenigstens? Ich habe nachher auf der Dänischen Gesandtschaft Unterricht zu geben, dort läßt es sich nicht verschieben, weil abends großer Empfang ist –«
Sie hat solche Angst, die Stunde zu verlieren, unwiederbringlich auf kostbare sechzig Pfennige verzichten zu müssen, daß ihr die Tränen in den Augen stehen; Frau Mannecke ist gerührt. »Gnädige Frau!« beschwört das Fräulein Frau Krönje – »Eine halbe Stunde später, eine Viertelstunde nur, ich habe vorher Unterricht auf der Dänischen Gesandtschaft zu geben, es läßt sich nicht verschieben, weil dort nachmittags thé dansant ist –« Und auch Frau Krönje läßt sich erweichen.

Nun also, in dieser gewonnenen Dreiviertelstunde seht ihr das Fräulein durch die Kaiserstraße hasten, rennen, stolpern, atemlos, aufgeregt, mit rutschenden Strümpfen, denn die Strumpfbänder sind ausgedehnt, und auch Strumpfbänder kosten Geld, wenn man sie neu anschaffen soll. Ach nein, lacht nicht, ihr Lieben, wenn ihr Fräulein Gabrilowsky laufen seht ...

Manneckes haben ein merkwürdiges Kind, was das Klavierspielen betrifft; es ist ein kleines Mädchen mit steifem Wasserkopf, ehrgeizig, eifrig, voll Beflissenheit. Aber es kann immer nur mit einer Hand spielen. »Nun mal mit der rechten Hand allein«, sagte das Fräulein und gibt mit Augen, Fingern und Fußspitzen den Takt. Es geht ausgezeichnet. »Nun mal mit der linken Hand allein«, sagt das Fräulein und taktiert. Die linke Hand spielt didel dudel, didel dudel. Es geht. »Nun versuche es doch mal mit beiden Händen zusammen«, sagt das Fräulein. »Das kann ich doch nicht«, sagt das kleine Mannecke. »Nun, versuche es doch nur einmal«, beschwört das Fräulein. »Ich kann es aber doch nicht!« – »Ich spiele mit, so, nun versuche es doch nur, also los, didel dudel –«

Das kleine Mannecke nimmt alle Kräfte zusammen, es krümmt sich vor Eifer, es schiebt die Unterlippe vor, auch das Fräulein beißt die Zähne zusammen vor Anspannung. Es geht nicht.

»Mit zwei Händen zugleich kann ich eben nicht spielen«, sagt das kleine Mannecke und fängt zu weinen an. Gegen Schluß der Stunde erscheint Frau Mannecke im Zimmer, sie riecht von Berufs wegen immer nach Zimt und Hefe. Fräulein Gabrilowsky, die im vegetarischen Restaurant »Thalia« speist, spürt plötzlich ihren Magen. »Nun spiele du mal die rechte Hand, ich mache die Begleitung«, sagt sie; »wir spielen ein wenig vierhändig, gnädige Frau –«

Frau Mannecke, die unmusikalisch ist wie eine Schildkröte,

zeigt Befriedigung. »Wie hübsch das klingt, beinahe wie ein Walzer! Glauben Sie, könnte das Kind zu Weihnachten schon ›Stolzenfels am Rhein‹ spielen? Mein Mann schwärmt immer davon?«

»Stolzenfels am Rhein? Sicher, gnädige Frau, es ist ein reizendes Stück. Graf Benkendorf, bei dem ich die Kinder unterrichtete, hatte es auch so gern –«

»Was Sie sich für Mühe geben!« sagte Frau Mannecke und betrachtete die beiden heißen Köpfe über der Klaviatur; »wirklich, viel Mühe. Na, kommen Sie dann mal durch den Laden, ich gebe Ihnen auch was mit für Ihr Tierchen, ein Eichhörnchen ist es, nicht?«

Im Laden ist es heiß, Fliegen summen über Himbeertörtchen, es riecht nach Schokolade, wieder spürt das Fräulein einen nervösen, zusammenziehenden Schmerz im Magen; sie nimmt die Tüte mit Keks- und Waffelabfall entgegen und hält dabei wieder das Loch im Handschuh zu. An einer Straßenecke, in einer Nische, faßt sie in die Tüte und schlingt ein wenig von dem Bröckelwerk hinunter, dann trabt sie los, um bei Krönjes zurecht zu kommen.

Dies ist die Stunde bei Manneckes. Bei Krönjes ist es anders. Bei Krönjes sind Zwillinge, Buben, in jenem Altersstadium, da man die erste Zigarette raucht und erotische Zeichnungen anfertigt. Sie sind nicht gänzlich unbegabt, aber es fehlt ihnen an Zartgefühl und Ritterlichkeit. Sie arbeiten mit einem ganzen Arsenal von Knallerbsen, Niespulver und ähnlichen Requisiten gegen die Klavierstunde an; aber Frau Krönje will nun einmal, daß ihre Jungens Klavierspielen lernen, und sie ist eine energische Frau. Das Fräulein sagt »Sie« zu den Jungen; das Fräulein schwitzt innerlich und schluckt Tränen. Aber da die Jungen nicht gänzlich unbegabt sind und auch selten Augenblicke eines menschenwürdigen Betragens aufweisen, ist es nicht unmöglich, daß sie demnächst das Niederländische Dankgebet zu exekutieren vermögen wer-

den. Nach der Stunde ist das Fräulein müde, als hätte sie eine Hochgebirgstour hinter sich. Frau Krönje betrachtet das aufgelöste Vogelwesen und sagt: »Es sind zwei fürchterliche Bengels, meine.«
»Die frische Jugend –«, murmelt das Fräulein.
Sie wird zu einem Kaffee und einer Schmalzstulle eingeladen – im Proviantamt wird beständig Schmalz gegessen –, es schmeckt herrlich, aber der vegetarisch zusammengeschrumpfte Magen rebelliert schmerzhaft.
»Schade, daß wir so weit heraußen wohnen«, sagt Frau Krönje. »Nun, Sie fahren ja mit der Straßenbahn.«
»Natürlich«, sagt das Fräulein.
Jetzt regnet es, erst schwach, nur versuchsweise, und dann immer mehr und mehr, in der Straßenbahn brennen die Lichter, es sieht gemütlich drin aus. Vielleicht ist diese Gemütlichkeit, das Licht, die Wärme, die schnelle Beförderung mit einem Groschen nicht zu teuer bezahlt. Aber es gibt Geschöpfe, die sich diesen Groschen nicht leisten können.
Das Fräulein rennt durch den Norden, es läuft schon wieder, denn das Tierchen zu Hause hat gewiß Hunger, es wird dann zornig, und wenn es zornig ist, riecht es, das können manche Vermieterinnen nicht vertragen und kündigen deshalb; und das Zimmer bei Frau Kreitlein ist so hübsch, es hat so etwas Interessantes mit dem Gitter und der Tapete, wahrscheinlich ist das Haus ein ehemaliges Palais, nur etwas verfallen, aber in den Mauern leben noch alte Geheimnisse. Das Fräulein läuft durch den Norden, stolpert über Bauplätze, in schnellgewachsene Pfützen, späht in Vorstadtgesichter, die unter regenverhüllten Laternen auftauchen. Das war vielleicht ein Mörder – denkt sie, wenn unter der Schirmkappe ein Seitenblick sie trifft. Es gibt Dinge, die einen eigenen Schauer über die Rückenhaut jagen, etwas aus Angst und Süßigkeit Gemischtes. Das Fräulein denkt an Lustmorde; an den Straßenecken stehen immer zwei Schutzmänner, so ge-

fährlich ist die Gegend. Erst in der Kaiserstraße lösen sich die aufgeregten, zitternden Finger. Der Magen schmerzt ... War schon davon die Rede, daß Fräulein Gabrilowsky im vegetarischen Restaurant »Thalia« zu speisen pflegte? Sie pflegte dort zu speisen, das heißt, sie tat es nicht mit absoluter Regelmäßigkeit. Es gibt für die Bezieherinnen einer Gnadenpension von fünfunddreißig Mark zwei verschiedene Methoden der Finanzgebarung. Man kann etwa täglich sein Mittagessen im Restaurant einnehmen, mit größter Regelmäßigkeit; dann werden zum Schluß des Monats einige Tage zum Vorschein kommen, da man der völligen Ratlosigkeit, dem blanken Nichts gegenübergestellt wird. Man kann aber auch, und dies war Fräulein Gabrilowskys Methode, in jeder Woche einen Tag mit dem Besuch des Restaurants aussetzen, es ist ziemlich einfach, sobald man sich daran gewöhnt hat. Man ißt etwa einen gebratenen Apfel zu Mittag, oder man legt sich ins Bett, spricht von verdorbenem Magen und überschläft diesen Tag. Wenn Hungern nicht übertrieben wird, hat es einen gewissen Reiz. Es macht merkwürdig hellhörig, hellsichtig, es gibt Visionen von großer Süße und Verlockung ein, es unterstützt Leute, die ein wenig fantasievolles Geflunker lieben, in besonderem Maß ...

An den Tagen aber, da Fräulein Gabrilowsky im Restaurant »Thalia« zu speisen pflegte, machte sie sich um zwölf Uhr auf den Weg, der ziemlich weit war, denn das Restaurant lag in der Altstadt. Die Gasse roch nach Spülicht, die Treppe roch nach Spülicht, das Restaurant roch nach Spülicht. Eine mißlaunige Dame von ausgelaugter Blondheit bediente; sie nahm die Leute, die vegetarisch speisten, nicht für voll, und das mit Recht. Das Fräulein aß das billigste Menü, jenes zu fünfundsechzig Pfennig mit Bedienung und Service, es umfaßte zwei Gänge nebst Kartoffeln, und man konnte sich wundern, wie viele Varianten der Kohlzubereitung zu erfinden waren. Nicht, daß es täglich Kohl gegeben hätte, aber es

lag im Geheimnis des Restaurants »Thalia«, daß jedes dort verwendete Lebensmittel nach Spülicht roch und nach Kohl schmeckte. Fünf Minuten nach dem Essen war man unendlich satt; eine halbe Stunde nach dem Essen war man unendlich hungrig. Allerdings lag zu Hause in der versperrten Tischlade – das Geheimfach nannte sie Fräulein Gabrilowsky – noch die zweite Schrippe vom Frühstück. Aber die sollte zum Abendessen dienen ...
Fräulein Gabrilowsky rennt die Kaiserstraße hinab, die Schmalzstulle schaukelt wie ein schmerzender schwerer Fremdkörper im Magen, es regnet, die Strümpfe rutschen, das Hütchen sitzt unsicher. Gewiß hat das Tierchen schon Hunger, denkt sie, und ein Lächeln überkommt sie, ein Lächeln von befremdender Weichheit in dem verjagten, hartlinigen Vogelgesicht. Sie denkt an das Tierchen und an das Kind.
Das Kind, der kleine Willi, ist ein dickes, blondes Geschöpf von sieben Jahren, mit zutraulichen hellen Augen, mit warmen kleinen Händen und einer lebhaften hohen Stimme. Er hockt zu Hause reglos vor dem Käfig und starrt hinein. Im Käfig hockt reglos das Tierchen und starrt heraus. Es ist ein schmales, geschmeidig schlankes Tierchen mit hübschem Schwanz und kleinen behutsamen Stecknadelaugen. Es hat etwas huschend Scheues in seinem Gehaben, aber es ist zahm, es ist ein wenig müde und hoffnungslos gemacht durch den jahrelangen Aufenthalt im Käfig, und es kennt die Hand, die Zitterfinger, die ihm das Futter reichen. Manchmal läßt es sich streicheln, mit geducktem Köpfchen, manchmal beißt es mit seinen Schneidezähnen, die viel zu lang sind, da sie nichts Hartes zu nagen haben.
»Schläft es, Willi?« sagt das Fräulein und betritt auf Zehenspitzen ihr Zimmer.
»Nein, es ist wach, Fräulein, es macht immer so'n bißchen hin und her mit dem Schwanz –«

»Es hat Hunger, wollen wir es füttern?«
»O ja!«
Frau Kreitlein hat ein Schüsselchen mit Abfall hingestellt, es sieht ähnlich aus wie das Menü im vegetarischen Restaurant, aber es riecht besser, auch lebt das Tierchen nicht vegetarisch. Es steckt sein Näschen wählig zwischen die Reste und sucht ein paar Fleischbröckchen heraus. Nachher legt es sich schlafen, rollt auf Fräulein Gabrilowskys Schoß zusammen und schläft sofort.
»Schläft es jetzt, Fräulein?«
»Ja.«
»Wie nüddlich es ist, nich?«
»Gefällt es dir, Willi?«
»O ja, Fräulein!«
Das Fräulein sitzt ganz still da; in ihren Händen ist die Wärme des schlafenden Tierchens; an der Schulter liegt ihr auch etwas Wärme, da reibt der kleine Willi den Kohlenfleck von seiner kurzen fröhlichen Nase. Das ist Fräulein Gabrilowskys gute Stunde. Ihre Hände schlucken ein wenig Zufriedenheit, ihre Haut trinkt sich ein wenig Wärme und zärtliche Nähe und Sättigung; es ist die frühgerunzelte, sensible Haut einer alten Jungfrau, eine Haut, in der jeder Nerv krank vor Sehnsucht und Hunger ist.
»Jetzt erzählen Sie es wieder?«
»Was soll ich denn erzählen?«
»Wie Ihnen der Graf das Tierchen gebracht hat. Das mag ich hören.«
»Das war so«, beginnt das Fräulein bereitwillig: »Ich sitze also auf der Treppe, wir hatten da so eine kleine Treppe am Gut, in der Sonne, ich kann mich noch erinnern, wie warm die Steine waren. Da kommt er durch die kleine Pforte vom Gemüsegarten. Er hatte Schnepfenfedern am Hut, weißt du, das gehört sich so, wenn man eine Schnepfe schießt, dann wird ein Federchen ausgerissen und an den Hut gesteckt, er

war ein guter Jäger – der Graf. Prachtvoll war er, wenn er so kam, ich reichte ihm ja nur bis zur Schulter – Vögelchen sagte er – er nannte mich Vögelchen –, was habe ich da? Er hat einen Sack über die Schulter geworfen, darin krabbelt es und bewegt sich, den Sack legt er auf die Treppe, er war zugebunden, weißt du, und sagt: Das habe ich dir mitgebracht. Du bist ja so ein Tiermütterchen. Ja, siehst du, Tiermütterchen nannte er mich. So war es. Ich griff in den Sack, gleich biß es nach mir, so klein war es, kaum so groß wie deine Hand vielleicht –«

Das Fräulein nimmt Willis Hand, schaut sie an, behält sie in der ihren und verfällt in Gedanken. Es ist eine richtige Kleinbubenhand, etwas schmutzig, mit ein paar Kratzwunden und noch der schwachen Andeutung kindlicher Grübchen. »So einen Buben wie dich könnte ich auch schon haben, wenn mich der Graf geheiratet hätte –«, sagt sie; einen Augenblick flunkert es sogar ein wenig in ihr, als hätte sie ein Kind gehabt, heimlich, ein uneheliches, das dann gestorben ist – aber diesmal hält sie ihre Gedanken in Zucht, gibt dem Gefabel da innen nicht nach. Sie streichelt nur die Bubenhand –

»Nun erzählen Sie doch weiter«, sagt Willi, der mit ungeduldig geöffnetem Mund auf Details wartet.

»Es war furchtbar scheu, das kleine Tierchen, aber dann haben wir es gezähmt, der Graf und ich; es hat viel Geduld gebraucht, wir saßen halbe Tage bei dem Käfig zusammen, das waren schöne Zeiten. Kurt – der Graf hieß Kurt – brachte ihm Haselnüsse aus dem Wald und kleine Feldmäuse, die hat es gern genommen, du glaubst nicht, wie er mit Tieren umgehen konnte. Unvergeßlich ist mir das. Nachher starb mein Vater, und wir mußten vom Gut fort. Er war doch Statthalter von Masuren –«, sagte sie, sich besinnend. »Die politischen Verhältnisse, weißt du –«

»Willi! Schlafen gehen! Willi! Hörste nich? Schlafengehen!«

rief draußen Herr Kreitlein. Er war Werkmeister, Inhaber eines prächtigen Vollbartes und eines schallenden Basses. »Junge! Ich soll dir woll!« Tierchen erschrak, erwachte, machte ein bißchen schlechte Luft und huschte hinter den Ofen. Willi zog ab. Das Fräulein saß noch ein wenig, versonnen lächelnd. Dann kroch sie seufzend hinter Tierchen her, fing es ein, küßte den kleinen Nagemund und steckte es in den Käfig. Nachher holte sie die zweite Frühstücksschrippe und die Memoiren aus dem Geheimfach, und während sie aß, las sie die ersten Blätter.
Memoiren der Freiin Gabriele von Gabrilow stand auf dem Umschlag. Das Fräulein holte mit spitzen Fingern die letzten Krümchen vom Tisch zusammen, tauchte die Feder ein, dachte ein wenig nach und schrieb:
Mit achtzehn Jahren spielte ich dem berühmten Tschaikowsky vor, es war im Hause seines Bruders, des Staatsmannes Tschaikowsky. Tschaikowsky war von meinen Vortrag der Chopin-Berceuse (op. 57) so ergriffen, daß er mich vor allen Leuten auf die Stirne küßte. Am gleichen Abend lernte ich den Großfürsten F. kennen. Er sah aus wie ein junger Gott ...

So ist Fräulein Gabrilowskys Leben beschaffen in guten Tagen, wenn alles glatt geht. Aber ein Hauch schon, eine Kleinigkeit, ein läppisches Nichts genügt, um in dieser ewig bedrohten, verschreckten Existenz aus guten Tagen böse Tage werden zu lassen.
Nehmt zum Beispiel dies an, ihr Lieben:
Das Fräulein läuft die Kaiserstraße entlang, es rennt, es jagt, von der Kirche schlägt es halb sechs, und um sechs soll sie draußen sein, ganz im Norden, bei den Krönjeszwillingen. Sie rennt, und plötzlich wäre sie fast gefallen, sie ist mit dem Absatz in ein Loch getreten; sie haspelt sich los, macht den nächsten Schritt, wieder ist da ein Loch. Sie sieht amüsierte

Blicke auf ihrer erhitzten Person haften bleiben, folgt den Blicken: da liegt der Stiefelabsatz auf der Straße. Sie hebt ihn auf, hinkt noch ein paar Schritte und setzt sich dann etwas benommen auf eine Bank. Der Absatz ist hin.

Man kann solchen Absatz leicht wieder annageln, sagt sie sich zum Trost und begibt sich weiter; aber gehen kann man so nicht. Sie benützt die Straßenbahn hin und zurück, es sind zwanzig Pfennige, die das Budget leise erschüttern. Abends sitzt sie in ihrem Stübchen und klopft und hämmert und nagelt. Der Absatz wird notdürftig repariert, aber mit den Sohlen geht es von da an bergab. Bald ist auf jeder Sohle ein großes Loch mit traurig ausgefressenen Rändern. »Warum stellen Sie denn Ihre Stiefel nicht mehr zum Putzen heraus, Fräulein?« fragt Frau Kreitlein. »Ach nein – es sind nämlich eigentlich Schuhe aus Renntierleder, sagte ich Ihnen das nicht? Es sind ganz besondere Schuhe, Renntierleder verträgt keine Stiefelwichse, ich pflege die Schuhe lieber selbst –«

Nun hat Fräulein Gabrilowsky also Renntierlederstiefel; das ist ganz hübsch, aber es ändert nichts daran, daß elende Winterkälte durch die Sohlen frißt, an Schneetagen singt die Nässe unter den Strümpfen, die Zehen werden blau, und es gibt Husten.

Das sind die Stiefel. Aber nun die Jacke.

»Sie können die Jacke nicht gut mehr tragen«, sagt Frau Kreitlein; »die Knopflöcher sind alle kaputt, und unter dem Arm ist nichts mehr zu wollen.«

Über die verbleichten, ausgedehnten Knopflöcher näht das Fräulein kleine Schleifchen – es ist ein Aufputz gewissermaßen, es sieht ungemein zierlich aus und paßt zu dem Federkräuschen; den Arm preßt sie ganz fest auf die schadhafte, gestopfte, wieder schadhaft gewordene Stelle. Aber bei einem Anfall, der ohne Komma zehn Minuten währt, überzeugt Frau Kreitlein sie, daß eine solche Jacke sich für eine

Klaviervirtuosin nicht schickt. Nun ist da noch ein Fonds in der Tischlade – ein Geheimfonds im Geheimfach – für besondere Ausgaben. Mit diesem Fonds begibt sich das Fräulein in die Knochenmühlenstraße, wo ihr ein Laden für Kleider bekannt ist, feine Kleider, von Herrschaften abgelegt. Eine bucklige Frau sitzt hinter einer Petroleumlampe, die Kleiderleichen hängen überall herum, es riecht nach dem Schweiß und dem Atem vieler Menschen, der Dunst der ganzen Stadt scheint sich in den alten Kleidern gesammelt zu haben. »Ich möchte nichts zu Modernes –«, sagt Fräulein Gabrilowsky verschüchtert.

Aber damit hat es hier keine Gefahr.

Sie kehrt heim mit einer neuen Jacke, die auch schon alt ist, auch schon etwas graue Knopflöcher und glänzende Nähte hat und den gleichen undefinierbaren Schnitt aufweist wie die alte. Aber sie hat etwas Gewisses, Elegantes, Vornehmes, die neue Jacke – meine Freundin, die Gräfin Benkendorf, trug immer diese englischen Jacken, sagt das Fräulein zu Frau Kreitlein.

Nun aber etwas anderes.

Die Blondine im vegetarischen Restaurant »Thalia« sieht sich zu der Mitteilung genötigt, das Gedeck werde von nun an zehn Pfennige teurer sein müssen. Was ist dagegen zu sagen? Man kann ein anderes Restaurant aussuchen, ein sogenanntes Speisehaus, man kann in verschiedene Stadtteile gehen, in Kochschulen, Frühstücksstuben, Automatenbüfetts. Es scheint eine Verschwörung ausgebrochen: überall kostet das billigste Menü nun fünfundsiebzig Pfennige. Man wird sich damit abfinden müssen. Die Tage, wo Fräulein Gabrilowsky zu Bett liegt und diät lebt, mehren sich, ihre Fantasie nimmt einen neuen Aufschwung. Sicher ist Arsen in der grünen Tapete; zuerst kam das Wohlbefinden, das Blühen, nun beginnt der Verfall denkt sie und spürt es auch, ach, deutlich spürt sie es in ihren armen, unterernährten Gliedern ...

Dann die Geschichte mit dem Zahn. Eine schlimme Geschichte.

Fräulein Gabrilowsky hatte schon lange einen unzufriedenen Zahn. Es war ein Zahn ohne jede Lebensfreude, er störte beim Essen, beim Lächeln, beim Sprechen, er hatte Nerven und machte davon Gebrauch; er war auch nicht besonders hübsch mehr, und wenn Fräulein Gabrilowsky eilen mußte, dann fühlte sie den Zahn schwankend und locker im Munde klappern. Eines Nachts wurde der Zahn rabiat. Er tat alles, was ein hohler Zahn tun kann, und das ist nicht wenig; er hatte im Verlauf von achtundvierzig Stunden das Fräulein völlig mürbe gemacht, er zerrte sie zu einem kleinen Bündel Qual und Unglück zurecht und schleppte sie in das Wartezimmer des nächstbesten Zahnarztes. Er brach zweimal ab, und als er heraus war, ließ er sie in einem ganz menschenunwürdigen Zustand zurück. Sie lag erschöpft im Operationsstuhl, die Augen voll Wasser, und vermochte kaum den Mund zu spülen mit diesem roten Zahnwehglas, das an und für sich schon aussah, als hätte alle Welt Blut hineingespuckt.

»Was bin ich schuldig?« fragte sie schwach, als sie wieder bei Besinnung war.

»Fünf Mark.«

Es war kein besonders teurer Zahnarzt, nein, das war er nicht, und auch kein besonders guter. Er bekam also fünf Mark.

»Sie sind wohl etwas angegriffen?« fragte er, als er Fräulein Gabrilowskys Gesicht sah, während sie in ihrem Täschchen das Geld zusammensuchte.

»Ja – etwas –«, antwortete sie und bezahlte die fünf Mark. Sie nahm dann zu Hause das Tierchen aus dem Käfig, hob es mit beiden Händen hoch und legte es sich vor die Augen wie einen Umschlag. Sie hatte ein Gefühl, als würde etwas in ihr locker. Sie hatte ein Gefühl, als könnte sie eines Tages hinfallen und verrückt werden, oder epileptisch – geballte Fäuste – Schaum vor dem Mund. Nun, das ging vorüber.

In derselben Woche sagte Frau Krönje für vierzehn Tage die Klavierstunden ab, weil die Zwillinge Schlittschuh laufen sollten ...

»Du wirst es mich nicht glauben«, berichtete Frau Kreitlein ihrem Mann, »du glaubst es mich nicht, wenn du es nicht siehst, ich stelle ihr doch immer den Küchenabfall hinein für das Iltis, es frißt ja nur die besseren Stücke davon und läßt das Gemüse und die Kartoffelschalen stehen, und wenn es Heringsköppe nur sieht, da wird es so zornig, daß es gleich zu stinken anfängt, also fällt es mich doch auf, daß immer das Schüsselchen leer ist, und da denke ich mich, ich möchte doch wissen, wie sie es das Iltis beibringt, daß es nu doch Heringsköppe frißt, so gehe ich in die gute Stube und schaue durch den Schlüsselloch, und da sitzt sie doch auf der Erde bei das Tier und wartet, bis es gefressen hat, und was es überläßt, das ißt sie selbst aus der alten grünen zerdebberten Schüssel, du weißt doch, und gerade den Tag hatte ich die Kartoffeln dazwischengetan, die mich sauer geworden waren, das Iltis hat auch kein Stückchen davon gefressen, aber da sitzt sie auf der Erde und ißt die sauren Kartoffeln, die das Iltis stehengelassen hat, es hat mich die Tränen in die Augen getrieben, kann ich wohl sagen, und gegraust hat es mich, daß mir ganz übel war, aber das kann auch vom Zustand kommen, ich glaube, im Januar sind wir nun so weit, und wenn ich denke, daß ich nu jeden Tag Lust auf Koteletten habe und bin doch eine einfache Frau, und die Dame ißt, was das Iltis übriggelassen hat, und sitzt mit dem Schüsselchen auf der Erde, das ist auch zu schlimm, zu schlimm ist das auch, wo ihr Vater noch Statthalter war und dabei den Zins immer pünktlich am ersten pränumerando, nur weil man ihr das Iltis erlaubt, und ich glaube auch, daß sie an dem Gör, dem Willi hängt, es ist schon eine treue Seele, wie sie hörte,

daß nun bald was Kleines kommt, da fing sie doch richtig an zu weinen; was soll man da nu machen, was man da machen soll, frage ich, sie nimmt doch nichts Geschenktes.«
»Da kannste ja jeden Tag von deinem Kotelett eine Kleinigkeit in das Schüsselchen tun oder sonst was Ordentliches«, sagte Herr Kreitlein.
»Dann frißt das Iltis den Kotelett und sie bleibt hungrig«, sagte Frau Kreitlein und sprach an diesem Abend kein Wort mehr.

»Was haben Sie denn da an der Hand, das sieht ja fürchterlich aus?« sagte Frau Mannecke; sie hatte eine halbe Kremtorte im Mund dabei.
»Ach, nichts eigentlich. Das Tierchen hat mich gebissen, es ist in letzter Zeit so reizbar; und nun ist das bißchen geschwollen«, erwiderte Fräulein Gabrilowsky.
»Bißchen geschwollen! Na, ich danke! Es eitert ja. Tut es denn weh?«
»Ja, etwas weh tut es«, sagte das Fräulein mit verkrampften Zähnen; sie hatte rote, schlaflose Augenlider.
»Hören Sie mal, Fräulein von Gabrilowsky, es wäre mir lieber, wir ließen die Klavierstunde aus, bis die Hand wieder in Ordnung ist. Das kann man ja nicht ansehen; und vielleicht ist es ansteckend, es ist ja voll Eiter. Sie schreiben dann vielleicht, wenn es wieder gut ist. Da ist auch ein Paketchen für das böse Tierchen – ein Eichhörnchen ist es ja, nicht?«
»Nicht einmal«, sagte Fräulein Gabrilowsky still und empfahl sich.
Frau Krönje war ähnlicher Ansicht. »Menschenskind, mit so was kommt man doch nicht zur Stunde«, sagte sie. »Das ist ja eine richtige Schweinerei auf Ihrer Hand. Lassen Sie das schneiden, sonst gibt es die schönste Blutvergiftung. Wenn es wieder gut ist, kommen Sie wieder.«
Auch hier empfahl sich Fräulein Gabrilowsky einsilbig.

Am Heimweg fantasierte es wohl ein bißchen in ihr zum Trost; sie kam ins Krankenhaus, der Arm mußte amputiert werden, sie lag bleich im Bett und wurde mit ausgezeichneten Sachen gefüttert, da springt die Tür auf, und hereinkommt, nein stürzt, Kurt, sinkt vor dem Bett in die Knie, stammelt: ›Verzeih mir; nie habe ich eine andere geliebt als dich!‹ Es faselt einen kleinen Schimmer in ihren Schmerz; aber das Toben ist zu arg. »Nein, Frau Kreitlein; ich kann nun nicht mehr«, sagt sie zu Hause. Das Gefühl ist wieder da, dieses Gefühl des Lockerwerdens – sie kann es nun nicht lange mehr leisten, dem wirklichen Leben standzuhalten, ihm in die Augen zu schauen gleichsam. Es ist ihr, sie würde eines Tages in Regionen fliehen, wo man nichts von sich weiß – geballte Fäuste – –

»Ich weiß nicht, was es ist, ich bringe meine Fäuste gar nicht auf, es ist wie ein Krampf, Frau Kreitlein –«, sagt sie, und das ist beinahe wahr.

»Sie müssen zum Doktor«, sagte Frau Kreitlein, die sich nun schon in sehr gesegneten Verhältnissen befand und grün wurde, sooft ihr Blick auf das Geschwür fiel.

»Nein«, sagte das Fräulein nur und dachte an den Zahnarzt.

»Doch, doch, mein Mann bringt Sie hinüber; der Sohn von dem Kohlenfritze, der wird doch Doktor, der freut sich über jeden, der zu ihm kommt, er behandelt die ganze Straße gratis, weil er dabei was lernen kann. Kreitlein, spring mal rüber und sage dem jungen Köbeling Bescheid. Der nimmt keinen Pfennig dafür und bedankt sich noch, daß Sie zu ihm kommen.«

»Bist du krank, Tante?« fragte der Willi und schmiegte seinen runden Bubenkopf unter die kranke Hand; das schien ein wenig Linderung. »Mußt nicht bange sein, der Doktor gibt feine Bonbons, wirst sehen.«

»Nu geh bloß nicht bei das Iltis, sonst beißt er dir auch noch, Willi!« sagte Frau Kreitlein und schob das willenlose Fräulein ab.

Herr Kreitlein hatte den jungen Köbeling über alles Wissenswerte informiert; der junge Köbeling, Doktor Köbeling, saß bei seinem Schreibtisch wie ein richtiger Doktor, obwohl er erst vor dem Examen stand. »Nun, wo fehlt es?« fragte er und brachte seine kurzsichtigen Augen an die Hand, die ihm zitternd entgegengestreckt wurde. Viel Kraft hatte das Fräulein nun nicht mehr; sie hatte zwei Nächte nicht geschlafen und zwei Tage ziemlich diät gelebt. Sie sah den Doktor, das Zimmer, die Lampe, den diskret sich entfernenden Kreitleinschen Vollbart nur schwankend und hinter lila Schleiern.

»Ein Tier hat Sie gebissen?«

»Ja.«

»Ein Hund?«

»Nicht einmal. Ein Iltis. Er ist zahm.«

»Ein Iltis? Und zahm? Nun, das ist merkwürdig«, sagte der Doktor. Fräulein Gabrilowsky schaute in seine Augen, flehend, verschreckt; aber sie fand darin nichts von jenem Spott, den sie in allen Blicken gewöhnt war, sobald die Rede auf das Tierchen kam. Nur Willi hatte die gleichen ernsthaft interessierten Augen, wenn es sich um das Tierchen handelte. »Jetzt läßt der Schmerz nach, glaube ich –«, sagte sie tief atmend.

»Wir werden es gleich haben; das ist ja ein interessanter Fall: von einem Iltis gebissen; das interessiert mich. Wie kommen Sie zu dem Tier?«

»Es ist vom Gute meines Vaters; mein Verlobter schenkte es mir; so viele Erinnerungen hängen daran – es ist alles, was mir geblieben ist. Man vereinsamt leicht, wenn es einem schlechtgeht –«

Der Doktor hob die Augen einen Moment und untersuchte dann weiter; er hatte hübsche, freundliche Augen; scin Mund war noch ganz kindlich, vielleicht kam es davon, daß seine Oberlippe etwas zu kurz war und immer zwei Zähne sehen ließ. »Tut das weh? Und das?« fragte er. Jetzt sah Fräulein Gabrilowsky auch seinen Nacken, sie sah ihn mit erstaunlicher Deutlichkeit, während er sich über die Hand beugte. Es war ein hübscher, steiler Nacken mit dunkelbraunem Haaransatz ...

»Sie zittern ja!« sagte der Doktor.

Das Fräulein zitterte, ja, das tat sie. Sie hatte lange keinen Nacken über ihre Hand gebeugt gesehen –

»Ich habe sehr empfindliche Hände, Herr Doktor, die zittern leicht. Das kommt vom Klavierspiel; je feiner ausgebildet die Hand, desto empfindlicher. Mein Professor erlaubte mir nicht, einen Schirm zu tragen, kein Paketchen, nicht einmal die Noten. Wenn ich im Konzert spielte –«

»Sie sind Künstlerin?«

»Ich habe in Petersburg einen gewissen Ruf als Pianistin; als ich achtzehn Jahre alt war, spielte ich Tschaikowsky vor –«

»Ah!« sagte der Doktor und schaute sie ganz kurz und prüfend an. Ihr war jetzt schon bedeutend besser, und es flunkerte mit ganz besonderer Lebhaftigkeit in ihr. Sie war sehr gelaunt zu Berichten über ihr Leben und Wirken.

»Ja«, sagte der Doktor munter und ließ ihre Hand aus; »wir werden ein bißchen schneiden müssen. Keine Angst, es wird nicht weh tun.«

Er entnahm einem Etui sein Besteck, das funkelte im Lampenlicht; es jagte wieder diesen kleinen Schauer aus Angst und Süßigkeit über den Rücken. Fräulein Gabrilowsky streckte die Hand hin.

»Nur Mut«, sagte der Doktor und starrte ihr in die Augen; »es tut nicht im geringsten weh. Glauben Sie mir das?«

»Ja.«

»So. Es ist schon vorbei. Hat es weh getan?«

»Nicht im geringsten«, sagte das Fräulein. Eiter und Blut troff aus dem geöffneten Geschwür.

Der Doktor hantierte mit einem Wattebäuschchen.

»Sie sind wohl sehr suggestibel?« fragte er nebenbei. Ein interessanter Fall, dachte er; er stand vor dem Examen, ihm waren noch alle Fälle interessant. Eine durch Hysterie der Suggestion besonders zugänglich gemachte Psyche. Das Fräulein saß da, mit einem merkwürdig verzückten, schwebenden Lächeln in dem Vogelgesichtchen.

»Wir brauchen noch einen Verband; bitte, streifen Sie den Ärmel hoch.«

»Ei«, sagte er, als zitternde Finger den gelben Arm enthüllten; »wir sind aber mager; wir müssen ein bißchen hochgebracht werden, bißchen aufgefuttert«; er strich über die Haut, unter der die Knochen sich vordrängten. »Wenn es Ihnen nicht zuviel ist, möchte ich Sie ganz gerne gründlicher untersuchen. Da Sie schon einmal beim Arzt sind –« Er errötete, weil er sich Arzt nannte, und setzte gleich darauf eine besonders altkluge Miene auf. »Darf ich Sie bitten, etwas Toilette zu machen, ich möchte Herz und Lunge untersuchen.«

Fräulein Gabrilowsky machte Toilette; sie verbarg sich hinter dem Bücherschrank, wo der Schein der Schreibtischlampe nicht hindrang, und sie enthüllte dort zitternd ihren armseligen Altjungfernkörper, dieses Nichts aus Haut und Skelett und Nerven. Der Doktor kam und legte ohne alle Umstände seinen Kopf an ihre Brust. Ihr Herz lief wie gepeitscht. Er hatte warme Haare, dunkelbraune, ein ganzes Fell, wie das Tierchen; es sprühte etwas aus ihnen, der Nakken war wieder so nah und deutlich unter ihren Augen; auch den Rücken entlang drängte jetzt die Wärme seines Kopfes und verlangte dabei: Atmen; tief atmen; tief atmen!

Fräulein Gabrilowsky atmete tief.

»Es liegt nichts Organisches vor – danke, Sie können sich zurechtmachen – es liegt, wie gesagt, nichts Organisches vor, nur das Herz scheint etwas nervös, ich finde überhaupt eine neurotische Disposition, vielleicht auf Grundlage längerer

Untererernährung. Mit dem Verband bitte ich Sie jeden zweiten Tag wiederzukommen, dann ist das bald in Ordnung. Sind die Schmerzen jetzt besser?«

»Ja, jetzt sind sie besser«, sagte das Fräulein. Ihre Lippen zitterten übermäßig. Sie nahm ihr Federkräuschen um den Hals, stammelte einen Dank und verschwand.

Ein interessanter Fall, dachte der junge Köbeling; und ich habe in der Diagnose keinen Augenblick gezögert: Eine schwere neurotische Disposition –

Ein armer Teufel, dachte er gleich darauf, und seine kurzsichtigen Augen waren voll Güte und Kindlichkeit.

Warum aber, ihr Lieben, steht Fräulein Gabrilowsky im Hof, im schwarzen, dreckigen Kohlenhof und ist außer Rand und Band, streckt den verbundenen Arm zum winzigen Stadthimmel hinauf, lacht, weint, schluchzt, stöhnt, schreit: »In zwei Tagen wieder! In zwei Tagen wieder ...«

Fräulein Gabrilowskys großes Glück begann etwa einen Monat nach diesem Ereignis.

Als sie vom Mittagessen aus dem Restaurant »Thalia« heimkam, war das ganze Treppenhaus voll Jammer. Vor der Kreitleinschen Flurtüre liefen viele schwarze Kohlenfußspuren zusammen, denn es war nasses Wetter, in der Türe stand Frau Kreitlein, umgeben von Nachbarinnen, umfangreich, gelbfarbig, mitten in einem Anfall begriffen, der dieses Mal mit Schluchztönen untermischt war. Auch der Kreitleinsche Vollbart zeigte sich anwesend, mitten in der Arbeitszeit, und der Baß versuchte vergeblich Beruhigung zu spenden.

»Das Kind hat Scharlach, sagt er, das Kind muß ins Krankenhaus, wie kann ich denn das Kind, den Willi, ins Krankenhaus geben, Herr Köbeling, sage ich, man ist doch ein Mensch sozusagen, das tut man doch nicht, das hilft alles nichts, sagt er, wenn das Kind Scharlach hat und Sie sind in der Hoffnung, dann muß er ins Krankenhaus, oder Sie müssen ihm eine Wärterin nehmen, insoliert muß er werden, das geht nicht, daß eine schwangere Frau bei ein Scharlachkind geht, da können wir dann im Wochenbett Geschichten erleben, sagt er, aber Herr Doktor, sage ich, wie soll es denn insoliert werden, eine Pflegerin verlangt heute mehr, als mein Mann verdient, aber beste Frau Kreitlein, sagt er, Sie können es doch ins Krankenhaus geben, nun liegt er da drinnen in der guten Stube und ist insoliert, der Doktor ist so lange bei ihm, aber wie kann ich es denn ins Krankenhaus geben, lieber gehe ich tot, tot gehe ich lieber, als daß ich das Gör ins Krankenhaus gebe; aber es muß seine Pflege haben, wie kann man so ein armes Wurm denn insolieren. Fieber hat es wie ein Backofen und Halsweh, da insolieren Sie mal ein Kind, sage ich, man ist doch die Mutter, der Doktor sagt, haben Sie denn niemanden, sagt er, der schon Scharlach gehabt hat und sich mit dem Kind insolieren läßt und ihn pflegt, nein, sage ich, keine Sterbensseele, Herr Doktor, denn was meine Schwester ist, die ist doch selber in Umständen, jedes Jahr ein Kind, aber auch jedes Jahr, und wer setzt sich bei ein Scharlachkind und pflegt es, wenn die eigene Mutter nicht –«

»Ich!« schrie Fräulein Gabrilowsky und arbeitete sich mit allen ihren kleinen Gliedmaßen durch den Kreis der Nachbarinnen vor, »ich will es gerne pflegen, ach, so gerne, Frau Kreitlein, ich bin gelernte Pflegerin, ich habe einen Kursus gemacht, gewiß, auch Scharlach habe ich gehabt, schwer, ich bin immun – bitte, lassen Sie mir das Kind.«

»Na also, Frau Kreitlein«, sagte der Doktor, der aus der guten Stube kam, »da sehen Sie, was für Hilfe Sie bekommen; da nehmen Sie das Anerbieten mal ruhig an; die Hauptsache ist, daß Fräulein Gabrilowsky mit dem Kind völlig isoliert bleibt, die Pflege ist ja nicht schwer. Das muß doch zu machen sein –?« Frau Kreitlein, überwältigt, war schon in ihr schweigsames Quartal verfallen, sie sagte gar nichts mehr und schaute nur mit etwas schwimmenden Augen hinter

dem Fräulein drein, das an der Seite des Doktors in der guten Stube verschwand. Der junge Köbeling hatte in der Eile alles zurechtgemacht; das Kinderbettchen stand an der Wand, drinnen lag der kleine Willi mit rotgeflecktem Gesichtchen, er war nur um den Mund so sonderbar weiß, er hatte die Augen im Fieber halb geschlossen und kümmerte sich um nichts.
»Zuerst muß hier eingeheizt werden«, sagte der Doktor.
»Gewiß«, antwortete Fräulein Gabrilowsky und kniete auch schon vor dem Ofen. Sonderbar war es, daß ihre Finger, die eben noch gänzlich unbeherrscht, geradezu ohne Maß gezittert hatten, nun völlig ruhig alles anpackten. Sie war ein wenig benommen über die schnelle Wendung, das war sie, aber doch sehr klar dabei. Sie hatte so viel zu tun. Der Doktor gab seine Weisungen, er schrieb auf eine Visitenkarte einige Kleinigkeiten – denn er durfte noch nicht rezeptieren –, er half da und dort mit an, er befühlte den Ofen und schob die Gaslampe tiefer. »Wo kann ich mir die Hände waschen?« fragte er. »Hier, der Eingang ist durch dieses Zimmer«, sagte Fräulein Gabrilowsky und öffnete die Türe zum Grüntapezierten. Es war eine merkwürdige Luft drinnen. »Herrgott nochmal«, murmelte der Doktor. »Das Tierchen ist in der letzten Zeit etwas reizbar, es wird alt«, flüsterte sie flehend.
Das Tierchen lag zusammengerollt im Käfigwinkel, man sah ein wenig von seinen zu langen Schneidezähnchen. Der Doktor hockte vor den Käfig hin und schaute aufmerksam hinein; er hatte wieder das kindliche Gesicht, den Bubenernst, und auch seine Zähne guckten ein wenig unter der geschürzten Oberlippe hervor. »Tut Ihnen denn das Tier nicht leid, Fräulein Gabrilowsky?« fragte er.
»Warum, Herr Doktor? Ich pflege es wie meinen Augapfel.«
»Eingesperrt sein ganzes Leben – es ist doch ein freies Tier; Sie sind grausam – oder wer sonst es eingesperrt und zahm gemacht hat; grausam ist das.«

Das Fräulein schaute den Doktor an und das Tierchen, und sie wurde rot; eine Illusion mit Schnepfenfedern am Hut löste sich in Nebel auf; der Doktor streifte indessen ruhig die Ärmel auf und ging an das kleine Waschbecken mit dem zerschlagenen Rand. »Wenn ich um etwas Seife bitten dürfte«, sagte er und wusch sich die Hände mit derselben sachlich-gründlichen Bewegung, die sein Professor nach der Visite in der Klinik entfaltete. Das Fräulein hielt ein Handtuch hin und schaute zu; es flunkerte ganz so, als hätte sie eine weiße Schwesternschürze um und trüge ein Schwesternhäubchen, das auch Gesichter nach der ersten Blüte hübsch macht …
Der Doktor hatte kräftige Handgelenke, ein wenig gerötet, wie Buben es haben, die viel mit kaltem Wasser spielen, sie mußte immer hinsehen. »Wir sind uns also über alles klar? Halsumschläge, dreimal täglich das Fieber messen, ich schicke dann ein Thermometer herüber, nur Milchspeisen, sehr achtgeben, ob Ohrenschmerzen eintreten. Wenn irgend etwas los sein sollte, dann holen Sie mich nur. Sonst komme ich jeden Tag nachsehen.«
»Jeden Tag. Gewiß, Herr Doktor«, sagte das Fräulein, und ihre Vogelaugen wanderten von ihm fort.
»Ein braver Mensch sind Sie«, sagte er und nahm ihre Hand, das Fräulein spürte es noch, als er schon eine halbe Stunde fort war; sie spürte es wie ein warmes, süßes Saugen und Ziehen in allen ihren Gliedern, den Fingern nicht allein, in den Armen, in der Brust, im Nacken, im Herzen …
So beginnt Fräulein Gabrilowskys großes Glück, und so geht es weiter. Es ist kein Schnörkelwerk, kein bißchen erdichtetes Klingklang, es läßt sich mit Händen greifen, mit Augen sehen, es läßt sich schmecken, so wirklich ist dieses Glück.
Da haben wir zum Beispiel das Kind.
Es ist krank, es fiebert, es leidet Schmerzen; es hat keinen Menschen als das Fräulein: es braucht das Fräulein, so kann

man es wohl nennen. Es streckt die kleinen Fieberarme aus, es will gehätschelt werden, gepflegt, gefüttert, man muß ihm Geschichten erzählen, man darf es trösten, man betet abends mit ihm, die kleinen gefalteten Hände liegen auf der Decke, nachts hört man es atmen, manchmal ruft es nachts und ist dankbar, daß man es nicht allein läßt in der Dunkelheit. Ach, ihr Lieben, was wären vierzigtausend hilfsbedürftige Iltisse gegen ein einziges krankes Kind.

Und doch ist nicht das Kind das größte vom großen Glück des Fräulein Gabrilowsky.

Wie soll man davon berichten, daß jeden Abend der Doktor kommt, ein Mensch, schön wie ein junger Gott, herrlich über alle Begriffe, mit Händen, aus denen Kraft strahlt, mit Augen, welche die Güte selbst sind, mit braunen Haaren und einem steilen Knabennacken, mit einer Stimme, gegen die alle Chopinschen Berceusen verstummen müssen. Er kommt ganz einfach herein, lächelt, das ganze Zimmer wird heller, wenn er lächelt, er legt die Hände an den Ofen, das ganze Zimmer wird warm, wenn seine Hände warm werden, und fragt: »Nun, und wie geht es uns heute?« Es geht immer gut, Willi wird gesünder von Tag zu Tag, der Doktor lobt ihn und lobt die Pflege, er plaudert mit dem Kind, er interessiert sich auch für das Tierchen, er fühlt Willi den Puls und fühlt auch dem Fräulein den Puls; er sitzt am Bettrand, so geduldig, es sieht aus, als wollte er gern und lange bleiben. Er spricht ein wenig über das Wetter, über Musik, über ein Buch und daß er nun bald promoviert wird. Es ist lange her, seit das Fräulein einer so gebildeten Unterhaltung beigewohnt hat. Er sitzt mindestens eine halbe Stunde da, obwohl er doch die ganze Straße zur Behandlung hat, wascht sich dann mit großer Sachlichkeit die Hände und sagt: Auf Wiedersehen.

»Auf Wiedersehen«, sagt das Fräulein; es ist, weiß Gott, keine Redensart. Es bleibt Glück und Erwartung genug da

für eine ganze Nacht und einen ganzen Tag und wieder bis zum Abend ...
Dies wäre sozusagen das Seelische. Nun aber kommt dies: Man wohnt in der guten Stube, in einer hübschen, rotsamtenen guten Stube, die fast einer Heimat gleicht – in Zwienice sah es ähnlich aus –, es ist kein Kohlenhof vor dem Fenster, es friert kein Wasser im Waschbecken ein, man heizt den Ofen, lüftet, staubt ab, fegt, wäscht, putzt, alle Finger sind angefüllt mit Arbeit, Müdigkeit, Ruhe, es sind zufriedene Finger, die nicht zittern. Manchmal erscheint der Kreitleinsche Baß an der Türe, schallt etwas Freundliches und setzt das Essen hin.
Es gibt fünf Mahlzeiten am Tag.
Nicht etwa, als ob Fräulein Gabrilowsky dem Materiellen besonders zugewendet wäre, ihre ganze Lebensführung ist nicht danach angetan; dennoch macht es einen nicht geringen Teil ihres großen Glücks aus:
Es gibt fünf Mahlzeiten am Tag.
Die Mahlzeiten kosten nichts, sie sind schmackhaft, nährend, sie geben ein fast vergessenes Gefühl der Wärme und Sättigung. Sie kosten nichts, und das Geheimfach füllt sich mit Kapitalien. Mehr noch: am Monatsersten teilt der Baß mit, daß Kreitleins in diesem Monat unter keinen, unter gar keinen Umständen Miete vom Fräulein annehmen würden. Im Gegenteil wüßte man gar nicht, wie man sich refangschieren könne; es werden also weitere achtzehn Mark unter der Türspalte hereingeschoben. Was will es da besagen, daß Manneckes sowohl, Konditor Mannecke aus der Mollerstraße, wie Feldwebel Krönje sich wahrscheinlich inzwischen eine andere Klavierlehrerin für sechzig Pfennig gesucht haben. Die Zeiten sind zu freundlich, als daß man an die Zukunft denken wollte.
Die Zeiten sind freundlich, die Menschen sind es und auch die Dinge.

Wenn der Doktor das Zimmer verlassen hat, setzt sich Fräulein Gabrilowsky auf den rotsamtenen Stuhl neben das Kinderbett: der Stuhl hat die Wärme in sich; es ist, als lebte er. Lehnt man den Rücken an die Lehne, die noch von des Doktors Berührung warm ist, so ist das fast so gut wie eine Liebkosung. Es gibt Genüsse, die tief gehen, ohne kostspielig zu sein ...

Am Ofen lagen seine Handflächen, im Waschbecken ist noch Seifenschaum, das Handtuch bleibt noch lange feucht von seiner Berührung. Die Luft sogar ist getränkt mit etwas unbeschreibbar Männlichem – Karbol, Zigaretten, Duft frischrasierter Wangen. Ein Schatz für sich ist die Visitenkarte mit seiner Schrift und seinem Namen. Emil heißt er; es ist ein schöner Name, findet Fräulein Gabrilowsky, es ist der schönste Name, den sie kennt. Emil Köbeling. Grafen und Großfürsten, schön wie junge Götter, entschwinden vor dieser Visitenkarte, die wirklich ist und auf der es in hübsch lithographierten Buchstaben steht: Emil Köbeling.

Freilich, das Tierchen bleibt, es ist noch da und mit ihm das schwache Erinnern an Heimat, Wald, Herbst, über ernsten Seen, ein Forstgehilfe, ein Kuß am Abend vor dem Käfig, ein enttäuschtes Abschiednehmen. Aber das ist nun nicht mehr so wichtig ...

An dem Tag, da Doktor Köbeling promoviert wurde, begann das Fräulein einen neuen Abschnitt ihrer Memoiren, ein frisches Konto gewissermaßen.

Erinnerungen an Emil K. hieß es. Der erste Satz aber begann folgendermaßen: Im Winter 18.. lernte ich den Chirurgen K. anläßlich einer schweren Operation kennen; er war damals noch nicht berühmt, jedoch gleich beim ersten Blick erkannte ich ...

Die Hälfte aller ärztlichen Erfolge beruht auf Suggestion, pflegte des jungen Köbeling Professor seinen Studenten zu sagen, während er sich die Hände abtrocknete; und der junge Köbeling schwor auf diesen Satz.

Er hatte die echte Arztbegabung: Mitleid, Neugierde, Gewissenhaftigkeit, Optimismus; er hatte Kraft in seinen gutmütigen, etwas kurzsichtigen Augen und Festigkeit in seinen Händen. Die Straße, die er gratis behandelte, war seines Lobes voll.

Da besuchte er nun täglich den kleinen Kreitlein, der an Scharlach erkrankt war; Ärzte, die man bezahlte, kamen nicht täglich. Eigentlich hatte der Willi es auch nicht mehr nötig, denn er war schon auf dem Weg der Besserung. Auch war es nicht so sehr dieser Scharlachfall, der den Doktor interessierte, denn Scharlach grassierte augenblicklich mehr als genügend in der Straße, vielmehr hatte er ein starkes Interesse an dieser Gabrilow oder Gabrilowsky, oder wie sie nun in Wahrheit heißen mochte. Bei Fällen von so ausgesprochener Hysterie war man immer wie auf Moorboden, kein Wort konnte man glauben; es war eine hübsche und anregende Arbeit, diesen Fall zu zerlegen, zu sehen, wie weit das Unterbewußtsein bei den Erzählungen der Gabrilow in Frage trat, wie schwankend die Bewußtseinsgrenze überhaupt war; zu analysieren, was wahr, was gelogen, was als Ausstrahlung eines gereizten Nervensystems zu werten war. Vor allem aber war diese Gabrilow wie geschaffen für Experimente der Suggestionskraft, und der junge Köbeling übte mit Eifer an ihr, trainierte gewissermaßen Blick und Hände an diesem hingegebenen Nervenbündel. Er tat es nicht im Bösen, Gott bewahre, was er ihr suggerierte, war nur ein wenig Glück, ein wenig Klingklang und Schnörkelwerk, etwas Farbe auf die Wangenknochen, etwas Ruhe ihren Fingern, etwas Zuversicht ihrem verjagten Herzen.

Fräulein Gabrilowsky segelte die Kaiserstraße hinunter, das Hütchen saß ziemlich sicher, es war neu garniert, es hatte die Schwalbenschwänzchen nun rechts statt links, Fräulein Ga-

brilowsky trug vollkommen neu gekaufte Stiefel, sie trat mit Zuversicht auf, sie hatte geradezu etwas Schwebendes, als sie das große Warenhaus von Markuse & Co. aufsuchte.
»Ich möchte eine Frühlingsbluse«, sagte sie zu der schiefgewickelten Verkäuferin. Sie wollte eine Frühlingsbluse mitten im Dezember. »Sie soll modern sein«, sagte sie, indes das Fräulein mit einer Art Heugabel in den Blusenschränken stocherte.
»Sie könnte ziemlich hell sein«, sagte Fräulein Gabrilowsky.
»Aber nicht zu teuer, ich habe die einfachen Sachen lieber«, setzte sie nachher etwas eingeschüchtert hinzu.
»Sie soll sozusagen halsfrei sein«, verlangte sie später. Das schiefgewickelte Fräulein türmte alle Ladenhüter der letzten Jahre vor die schwalbenschwänzige Erscheinung hin; Verkäuferinnen haben einen Beruf, der Menschenkenntnis verschafft.
Die Bluse, die Fräulein Gabrilowsky erwählte, kostete sieben Mark, eine Bagatelle für den angeschwollenen Geheimfonds. Sie war hell und bunt zugleich, sie hatte ein Muster aus Sternchen, Blümchen, Rädchen, es war eine Orgie von Ornamenten. Zu Hause turnte das Fräulein in der neuen Bluse vor dem Spiegel in der guten Stube herum, bis sie sich von vorne, seitlich und hinten auswendig kannte. Der Willi war entzückt. »Hübsch bist du, Tante«, sagte er und kaute mit vollen Backen; es ging ihm schon viel besser.
Fräulein Gabrilowsky ging und kaufte sich ein Samtband um den Hals.
Fräulein Gabrilowsky ging und kaufte Blumen für die Vase.
Fräulein Gabrilowsky trennte die Schwalben vom Hut und nähte ein Kränzchen hin.
Fräulein Gabrilowsky kaufte eine Brennschere. Fräulein Gabrilowsky kaufte ein Korsett.
Es flunkerte sogar in ihr, daß sie nun anfangen müsse, sich eine Aussteuer anzuschaffen. Aber da hatte sie kein Geld mehr.

Es war auch eigentlich nicht nötig; es war so gut, als wäre sie verheiratet. Sie war eine junge Frau – eine Frau von Neununddreißig ist noch jung –, sie lebte in einer netten Wohnung und hatte einen siebenjährigen Buben. »Bist du mein Bub?« fragte sie den Willi und streichelte den runden warmen Kopf. »Ich bin dein Bub, und du bist mein Tantenmuttchen«, sagte er mit seiner zutraulichen Stimme; der Scharlach war jetzt in dem Stadium, wo die Haut sich abschuppt und die Ansteckungsgefahr am stärksten ist. In der Küche hatte Frau Kreitlein manchmal einen Anfall und jammerte um ihr insoliertes Kind; das Kind aber schien ganz die Kreitleinsche Familie vergessen zu haben. Tantenmuttchen spielte mit ihm, fütterte feine Dinge in ihn hinein, raspelte etwas Lustiges am Klavier herunter, sie lebten glückselig auf ihrer rotsamtenen Insel. Die junge Frau, von der es in Fräulein Gabrilowsky flunkerte, war sehr glücklich verheiratet, sie hatte einen jungen Arzt zum Mann, einen vielbeschäftigten, angesehenen, dem sein Beruf naturgemäß wenig Zeit für die Familie ließ. Aber von drei Uhr an warteten Frau und Kind gespannt in den Hof hinunter auf seinen Schritt. Der Ofen knisterte Gemütlichkeit in die frühe Winterdämmerung, im Nebenzimmer stand das Fenster offen, der Kohlenhof war zwar nicht schön, aber er hatte den Vorteil, daß jeder Schritt in dem schwarzen Grus laut knirschte und nicht zu überhören war. Um vier Uhr kochte die junge Frau den Tee für den Mann, der müde heimkam, und schmierte zierlich Brote. Um fünf Uhr war der Tee schwarz geworden und mußte weggegossen werden. Um halb sechs schlief das Kind ein in seliger Rekonvaleszentenmüdigkeit. Dann kam eine halbe Stunde der horchenden Träume, wie junge Frauen sie lieben. Um sechs Uhr war der Schritt im Hof, er war da, kam näher, stieg Treppen herauf, verweilte verharrend vor der Flurtüre, klingelte.
»Was macht unser Bub heute?« fragte der Mann, er fragte

ausdrücklich: unser Bub; oder er sagte: »Wie geht es der kleinen Familie?« »Kann ich etwas Tee bekommen?« fragte er und setzte sich zu dem schlafenden Kind. Die junge Frau rumorte am Ofen, sie trug eine Bluse mit freiem Hals und ein Tändelschürzchen. »Nun, wir werden ja ordentlich hübsch in der letzten Zeit?« sagte der Mann und lächelte. Nachher ging er ins Schlafzimmer und wusch sich die Hände – er war ja hier zu Hause. »Danke, danke, ich bin ja hier zu Hause«, sagte er; er plauderte noch ein wenig, es kam vor, daß er sich ein Stück am Klavier vorspielen ließ, er hörte dann mit seinem kindlich ernsthaften Gesicht zu, und seine Zähne schimmerten unter der Oberlippe hervor. Es kam auch vor, daß er die Hand der jungen Frau wortlos eine Minute in der seinen hielt und ihr tief in die Augen schaute. Das kam vor. »Sie fühlen sich besser«, sagte Doktor Köbeling, es war ungefähr ein Befehl; »Sie fühlen sich bedeutend besser, mutiger, nicht mehr so nervös. Die Finger zittern auch nicht mehr!«

»Nein«, sagte das Fräulein. Aber sie zitterten dennoch, die Finger; wenn er nur in ihre Nähe kam, zitterten sie.

Nach einigen Wochen wünschte er sie nochmals gründlich zu untersuchen; er tat es, er brachte wieder die Wärme seines Kopfes an ihre verhungerte Frauenhaut, er unterzog noch einmal ihren Organismus dieser ungeheuren Erregung. Sie war nicht mehr ganz so vermagert, es hatte sich eine Spur von Fleisch über dem Knochengerüst abgelagert: »Na, das geht ja«, sagte der Doktor und war nicht ganz zufrieden. »Das Herz ist noch immer recht neurotisch.«

»Also auf Wiedersehen, ich habe noch einige Visiten zu machen.« Er ging.

Die junge Frau eines Arztes darf nicht anspruchsvoll sein; jeder gesuchte Arzt hat abends Visiten zu machen. Die Frau ißt mit dem Kind zu Abend, sie bereitet vielleicht ein Bad in dem großen Holzbottich, den ein gutmütig schallender Baß vor die Tür der guten Stube rollt. Das Kind schuppt sich ganz und gar, es muß Bäder haben, neunundzwanzig Grad Celsius, bald wird die Ansteckungsgefahr vorbei sein. Nach dem Bad ist das Kind müde, es kuschelt sich ein, hält seinen kleinen Mund zum Gutenachtkuß hin, es betet allerhand kindliche Sachen und atmet sich dann still in Schlaf.

Auch die junge Frau legt sich hin, sie schließt die Augen und wartet so, bis der Mann kommt.

Und der Mann kommt, ihr Lieben, er kommt jede Nacht, dieser geflunkerte Mann, und er ist zärtlicher, als wirkliche Ehemänner zu sein pflegen, und es kostet viel Nerven, sein Gesicht, seine Stimme, seine Berührung in die leere Dunkelheit hineinzufantasieren ...

So eingesponnen war Fräulein Gabrilowsky in dieses Leben, es hatte sich so verdichtet und sie ganz in Besitz genommen, daß sie eines Nachts aufstand, ein Licht entzündete, in ihrem kleinen altjüngferlichen Nachtjäckchen an das Geheimfach ging, mit einem eigentümlichen und taumelnden Lächeln die Memoiren ergriff und in den Ofen warf.

Da brannten sie nun mit allen Grafen, Statthaltern, Zelebritäten und Küssen auf die Stirne ...

Ist dessen schon Erwähnung getan, daß im Befinden des Tierchens in dieser Zeit eine schlimme Wendung eintrat? Sie trat ein, während Fräulein Gabrilowsky ihr großes Glück erlebte und während der kleine Willi zusehends gesundete unter ihrer Pflege. Das Tierchen wurde alt, es wurde reizbarer von Tag zu Tag und machte beträchtliche Mengen schlechter Luft um sich her. Es wollte nicht schlafen, nicht fressen, es verlor alle Zahmheit, schoß im Käfig umher, wenn das Fräulein in die Nähe kam, und pfiff ganz hohe Töne aus seinem böse gewordenen Mund. Es hatte einen Haß auf alle Welt, und sein Todfeind war Doktor Köbeling.

»Es geht nicht mehr mit dem Tierchen«, sagte der, wenn er eine Zeitlang neugierig das kleine Geschöpf beobachtet

hatte; »wir quälen das Tier nur, und es verdirbt die Luft in unerlaubter Weise. Ihre Erinnerungen in allen Ehren, Fräulein Gabrilowsky, aber das geht zu weit.«
Das Fräulein wehrte sich nur schwach. Wo waren ihre Erinnerungen.
»Der Bub hängt so an dem Tierchen«, sagte sie ungewiß.
Das Tierchen begann zu husten; es brachte kleine röchelnde Töne aus seinem abgemagerten Körper, es wand sich dabei vor Schmerzen. »Da hilft nun nichts. Das Tier muß vergiftet werden«, sagte Doktor Köbeling und legte seinen Suggestionsblick auf Fräulein Gabrilowskys Nerven.
»Wenn es sein muß –? Mit Arsen?« sagte sie wehrlos.
»Ich bringe morgen etwas mit; es wird kaum eine Sekunde dauern –«, versprach der Doktor. Das Fräulein spürte wieder den Schauer, die Mischung aus Angst und Süße. Von deiner Hand zu sterben – faselte es in ihr. Sie starrte seine Hände an, bis er diese geniert in den Hosentaschen unterbrachte.
Am nächsten Tag geschah es; es dauerte nur eine Sekunde. Willi weinte nachher, aber das Fräulein war in sonderbar gehobener Erregung; sie hatte heiße, rote Wangenknochen an diesem Abend, sie bewegte das Vogelköpfchen in der alten sprunghaften Weise, und auch den Fingern wollte keine Suggestion zur Ruhe verhelfen. »Ich habe dir alles hingegeben –«, sagte sie, als sie im Finstern lag. Es war nun so, daß alle Sätze, die vorher in den Memoiren ein Unterkommen gefunden hatten, sich in ihrem Hirn aufstauten, sich herumtrieben und Hitze ausstrahlten: Ich habe dir alles hingegeben …
»Bei Kreitleins wird nun bald etwas Kleines ankommen«, sagte der Doktor an einem der nächsten Abende; »es ist ein wahres Glück, daß wir den Buben fast gesund haben. Wie lange waren Sie isoliert? Fünf Wochen? Frau Kreitlein kann sich bei Ihnen bedanken. Na, nun ist die Ansteckungsgefahr

vorbei. Ich will die Leute von der Desinfektionsanstalt bestellen, sie können am Montag kommen, und dann ist alles wieder, wie es vorher war.«
Er wusch sich die Hände, trocknete sie mit Sachlichkeit, sagte »Auf Wiedersehen« und ging davon.
Fräulein Gabrilowsky stand in ihrem Zimmer zwischen den grünen Wänden, es war sehr stumm da, das Tierchen war tot, der Käfig sah aus wie leergebrannt. Auch die Tischlade, das Geheimfach, war leer. Kein Geld drinnen, keine Memoiren. Fräulein Gabrilowsky stand und schaute auf den dunklen Fleck von Herrn Schnetkes Lieblingsplätzchen.
Dann ist alles wieder, wie es vorher war, dachte sie.
Aber wie es vorher war, darauf konnte sie sich nicht besinnen.

»Nein, Fräulein, wie stellen Sie sich das vor?« sagte Frau Mannecke, Konditor Mannecke in der Mollerstraße; sie hatte etwas Schokolade im rechten Mundwinkel und blieb hinter dem Ladentisch sitzen, während sie sprach. »Wie stellen Sie sich das vor? Erst lassen Sie uns sechs Wochen lang sitzen, und dann kommen Sie wieder? Glauben Sie, wir warten auf Sie? Wer hätte dem Kind zu Weihnachten ›Stolzenfels am Rhein‹ einlernen sollen, wie? Übrigens war Ihre Methode schlecht, daß Sie es wissen. Gretchen konnte ja nicht einmal mit zwei Händen spielen. Aber bei dem neuen Fräulein, da flutscht es nur so.«
»Kann sie jetzt mit beiden Händen zugleich spielen?« fragte Fräulein Gabrilowsky mühselig.
»Ha! Ja! Jetzt kann sie es; es kommt auf die Methode an, verstehen Sie; wir sind mit dem neuen Fräulein sehr zufrieden.«
Fräulein Gabrilowsky empfahl sich. Sie ging etwas betäubt die Mollerstraße hinunter, die Westenstraße durch und bis zur Kaiserstraße. Sie war immer ein wenig betäubt in den

letzten Tagen. Es eilte ihr auch nicht sehr damit, zu Krönjes ins Proviantamt zu kommen. Im Grunde war dem Budget für diesen Monat doch nicht mehr zu helfen. Sie trödelte sich durch den Norden hin, bis sie in Krönjes zugigem Vorflur stand. In die Stube wurde sie nicht gebeten.

»Menschenskind«, sagte Frau Krönje, »Sie sind ja nicht bei Trost. Bleibt man sechs Wochen von der Stunde aus? Nu sind die Bengels bei den Wandervögeln eingetreten und spielen Mandoline. Das macht ihnen Spaß. Ans Klavier bringt die nun kein Herrgott mehr. Es sind entsetzliche Kinder, meine.«

Fräulein Gabrilowsky trat den Rückzug an, vorbei an Schloten, Bauplätzen, Pfützen, Mordgesichtern, Doppelposten. Sie ging ganz langsam, und das Köpfchen hing ihr in angestrengtem Besinnen vornüber. Sie wollte sich auf etwas Wichtiges besinnen und konnte es nicht. Es gab in der ganzen Welt kein Kränzchen, das deplacierter war als das auf ihrem Hut.

Sie schlich durch den Kohlenhof, stolperte die Treppe aufwärts, man hatte vergessen, das Licht anzuzünden, und betrat die Kreitleinsche Wohnung.

Kreitleins waren in der guten Stube versammelt und brachten alles wieder in Ordnung. Das Kinderbett war schon herausgeschafft. Der Willi saß auf dem Sofa und stopfte sein Abendbrot. Der Vollbart schob das Pianino zurecht, Frau Kreitlein stand mit gefalteten Händen und in fortgeschrittenster Verfassung daneben und freute sich.

»Na nu, da ist sie jetzt«, sagte sie und bekam zusehends ihren Anfall. »Ich sage doch immer, warten Sie man noch'n Augenblick, sage ich, sie kommt gewiß gleich, einen Augenblick will ich noch warten, sagt er, aber nicht lange, ich hätte ihr gerne adschö gesagt, bevor ich fortfahre, na, denn warten Sie doch, sage ich, und da hat er auch gewartet bis eben. Nein, Frau Kreitlein, sagt er da, nun kann ich nicht mehr warten, ich muß ja noch einpacken und um Zehne geht mein Zug nach Elberfeld, sagt er, ich wußte doch gar nicht, daß Sie wegkommen, sage ich, das wird die ganze Straße sehr leid tun, ja, sagt er und lacht übers ganze Gesicht, das ist auch schnell gekommen, nun werde ich Volontärarzt in ein Irrenhaus bei Elberfeld zugelassen, ist das nicht ein Viechsglück, sagt er, wo mich das Pachtologische immer so interessiert hat, na, nun muß ich aber wahrhaftig gehen, und sagen Sie das Fräulein nur, es täte mich leid, sagt er, daß ich ihr nicht adschö gesagt habe, und sie sollte sich mit den Nerven zusammenhalten und auch auf ordentliche Nahrung sehen, sagt er, und kaum ist er fort, da kommen Sie nun daher, mein Mann sagt noch, wirst sehen, sagt er, kaum er fortsein wird, kommt sie angezuckelt, na, das ist nur so eine Redensart. Sie müssen es ihm nicht übel nehmen, er ist gelernter Schlosser, die reden alle geradeaus –«

»War Doktor Köbeling da?« fragte das Fräulein schwach. »War er da, indessen ich fort war?«

»Nun, ich sag's doch«, erwiderte Frau Kreitlein und klappte abschließend den Mund zu.

»Ich hätte vielleicht mit der Straßenbahn fahren können«, sagte das Fräulein noch und verstummte dann auch. Sie schaute noch einige Minuten das fremdgewordene Zimmer an, die Gaslampe war zur Decke hinaufgeschoben, die Möbel zurechtgerückt, im Ofen verlosch ein kleines Holzfeuerchen. Der Spiegel warf Wellen, das sah sie erst jetzt, er warf das verzerrte Bild einer armseligen kleinen Person mit einem haltlosen, bekränzten Hütchen ihren Augen entgegen.

Der Willi saß am Sofa vor einem Berg Pfannkuchen und kaute, daß ihm die Schläfen krachten. Er schien noch dikker, munterer und gesünder als zuvor nach dem langen Liegen. Das Fräulein strich an ihm vorbei, nahm seinen Kopf unter ihre Finger und flüsterte ihm zu: »Bist du mein Bub?«

Er gab ihr einen kleinen Stoß, einen kleinen, abwehrenden, schamhaften Bubenstoß und kaute wortlos weiter.
Das Fräulein stand da, niemand kümmerte sich um sie, es trat ein sonderbar flehender und irrer Ausdruck in ihr Gesicht und verschwand gleich wieder. Sie öffnete die Türe ihres Zimmers, trat ein und schloß sorgfältig hinter sich. Sie entzündete das Gas, das Streichholz sengte ein wenig ihre Finger, das war beinahe angenehm. Das Zimmer war ungeheizt, es hing ein kalter Dunst von Verlassenheit und Gestorbenem im Raum. Die Luft war nicht schlecht, nein, nicht geradezu, sie war zu Tierchens Lebzeiten schlechter gewesen: nur ließ sie sich nicht atmen. Das Fräulein öffnete das Fenster, tief unten lag der Kohlenhof schwarz wie ein Brunnen und ohne Schritt. Der Käfig starrte leer. Die Lade war leer. Das Tierchen tot, die Memoiren verbrannt, das Geld verstreut, die Stunden verloren.
Grüne Tapeten, ja, erst Aufblühen und dann Verfallen, Tod durch Gift, hinter vergitterten Fenstern, unten die schwarze Schlucht, ich habe dir alles hingegeben, alles habe ich dir hingegeben – es waren Stimmen im Zimmer, die redeten, eine Stimme und noch eine und wieder eine – und es war eine Leere hinter den Stimmen, in die man nicht hineinzublicken vermochte ...
Fräulein Gabrilowsky trat wieder in die gute Stube und schaute Kreitleins an.
Herr Kreitlein hatte das Pianino zurechtbekommen, er stand nun davor und tippte mit tiefgründiger Miene immer denselben Ton an. Frau Kreitlein hatte am Sofa Platz genommen, ihre gesegneten Massen breiteten sich ungehemmt über den roten Samt. Sie hielt mit einer Hand Willis Schulter umfaßt und mit der anderen stopfte sie ihm Pfannkuchen in den Mund. Willi schmiegte sich zufrieden in die mütterlichen Fleischwogen und kaute und schluckte, unermüdlich und erfreut.

»Nu haben es Kreitleins wieder hübsch«, sagte sie, »nu ist es wieder gut, wenn nu doch das Zweite kommt und ist ein Mädchen, dann kann es ja woll Gabriele heißen, das wäre nicht zu viel für alle Treue und Liebe von das Fräulein, nu Vater laß doch den Pinjano zufrieden, du lernst es ja doch nicht, nu laß ihm doch zufrieden, der Willi, das Gör, hat doch noch Schwäche im Koppe, Willi, nu mach und iß auch, daß du wieder bei Kräfte kommst, nein, was ist es doch für ein schöner Abend, daß nu alles wieder in Ordnung ist, und wenn es nicht zu viel verlangt wäre, dann täte uns das Fräulein mal zur Feier des Tages sozusagen den Schopäng spielen, schade, daß das Iltis es nicht erlebt hat.«
Fräulein Gabrilowsky tat ein paar Schritte dem Klavier entgegen; es war ihr dunkel, Musik könnte irgend etwas lösen in dem ungeheuer wachsenden Druck, der sich auf sie zu senken begann. Als sie jedoch dem Spiegel gegenüberstand, da trat folgendes ein: Kreitleins, das Zimmer, ihr eigenes Bild wuchsen und wuchsen, wurden deutlicher und deutlicher, kamen näher, es war, als drehe man ein Stereoskop auf, bis zu einem Grad der Nähe und Deutlichkeit, die unerträglich war. Was sie am deutlichsten, am unerträglichsten noch ganz zuletzt sah, als schon der Druck sie fast zerpreßte, das waren Willis volle, runde Backen und seine friedlich kauenden und schluckenden Schläfenmuskeln.
Da aber geschah es. Da lockerte sich etwas in ihr, ließ aus, gab nach, zerbrach. Sie trat die Flucht an in Regionen, wo sie nichts von sich zu wissen brauchte. Sie stieß einen gurgelnden, tierischen Laut aus, die Fäuste ballten sich ihr, Schaum floß aus dem Mund, die Augen verließen die Höhlen, es warf sie über den Buben und zwang sie, ihn zu würgen, ihn, den gesunden, sattgegessenen, ihn, der nicht ihr Kind war ...
Herr Kreitlein riß sie von dem Kind los. Frau Kreitlein kreischte Angsttriller, Schritte knirschten durch den Kohlenhof, Fenster rissen auf, Köpfe fragten, Nachbarn rannten,

Schutzmannshelme hasteten dem schreienden Haus zu, Telefone heischten Hilfe. Doktor Köbeling beugte sich über ein tobsüchtiges Nervenbündel, ein Auto hielt vor dem Haus, Sanitätswärter tappten schweren und eiligen Schrittes über die Treppe und banden wahnsinnige Arme am Rücken zu einem Knoten. Doktor Köbeling fuhr mit dem Auto noch bis zur Sanitätsstation mit und übergab den Fall dem diensttuenden Kollegen. Aber er erreichte trotzdem noch den Zug nach Elberfeld.

Der Weg

I

Die Weckuhr hatte noch nicht geklingelt; dennoch erwachte Frau Zienkann mit einem harten und stoßenden Erschrekken. Ein Traum blieb hinter ihr zurück, bedrückend, ein unheimliches Gespinst, das vor ihren aufgeschlagenen Augen zerfloß und vergessen war. Sie schaute dumpf ins Zimmer hin, das noch dämmerdunkel war und angefüllt mit fremden und mißvergnügt scheinenden Dingen. Die Fenster lagen grau im Morgen, ihre nassen Scheiben hellten sich langsam. Ein fahler Reflex von draußen fing sich im Spiegel des Wäscheschrankes.

Der Schrank – dachte Frau Zienkann, und dabei erwachte sie vollends. Sie hatte beim Einschlafen an den Schrank gedacht, und wahrscheinlich war er es, der sie lange vor dem Klingeln der Weckuhr aus dem Schlaf gestoßen hatte. Der Motor in ihrem Hirn war angekurbelt und lief pflichttreu dort weiter, wo er gestern zum Stillstand gekommen war. Die Stirn schmerzte ein wenig ...

Der Schrank also – kein Zweifel – war zu klein, war längst über alle Gebühr angefüllt und vollgestopft, und nun ging es nicht weiter. Er hatte eine Abteilung für Kleider und eine für Wäsche, es war ein praktisches Möbelstück, gewiß. Aber nun waren die Kinder groß, Otto und Marianne, es gab lange Konfirmandenhosen, Sporthemden, Schlipse, es gab Tanzkleider und gestrickte Jacken und mädchenhafte Untertaillen aus Batist. Es gab Dinge, die hängen mußten, unter allen Umständen, säuberlich, über Bügeln, die Frau Zienkann selbst zu umhäkeln pflegte; es gab andere Dinge, die gelegt sein wollten, die in Laden gehörten, und andere,

heikle, die Platz in Fächern benötigten. Frau Zienkann konnte mit geschlossenen Augen (die ganz schwach schmerzten) die Ordnung sehen, welche den unterschiedlichen Kleidungsstücken ihrer Familie gebührte, und die Pflege, die zur Erhaltung dieser Gegenstände nötig gewesen wäre.
Aber in dem viel zu kleinen, viel zu überfüllten Schrank herrschte einfach das Chaos. Und Frau Zienkann, die eine gute Hausfrau war, litt beinahe körperlich bei dem Gedanken an diesen Schrank, ja, sie fühlte im ganzen Körper einen schwachen, unbestimmten Schmerz, während sie so dalag und an den Schrank dachte –
Übrigens hatte sie gestern abend, schon halb im Einschlafen, den Entschluß gefaßt, einen neuen Schrank zu kaufen, baldmöglichst, heute, an eben diesem Montag, dessen Morgen bei den regentrüben Scheiben ins Zimmer zu scheinen begann. Und bei der Erinnerung an diesen Entschluß wichen die Schmerzen und machten einem angenehmen Gefühl der Erregung und Verantwortung Platz; Frau Zienkann legte die Hände gesammelt vor sich hin auf ihren Leib und begann zu rechnen, wobei ihre Pupillen sich zusammenzogen und ihr Gesicht von einem beinahe törichten Ausdruck der Anspannung ergriffen wurde.
Jetzt erst klingelte die Weckuhr. Sofort begann Herr Zienkann im Nebenbett zu stöhnen, zu ächzen, seufzende Laute auszustoßen, die schließlich in einen trockenen Husten übergingen, denn Herr Zienkann litt ständig an den Bronchien. Er hustete zehn Minuten lang, wie jeden Morgen, während Frau Zienkann bekümmert den Kopf schüttelte. Dann schlug die Uhr im Nebenzimmer siebenmal. Herr Zienkann streckte seine Füße aus dem Bett und angelte mit geschlossenen Augen nach den Pantoffeln. Auch Frau Zienkann erhob sich, obwohl es ihr an diesem Montag wunderlich schwerfiel …

Dies aber ist Frau Zienkanns Tagewerk: Sie erhebt sich, zieht sich rasch an und ist lange vor ihrem hustenden Gatten fertig. Sie weckt die Kinder auf, Otto, den Gymnasiasten, und Marianne, die in die Handelsschule geht. Sie rüttelt das träge kleine Dienstmädchen aus dem Schlaf und setzt inzwischen schon in der Küche Wasser auf den Gasherd fürs Frühstück. Es ist kalt in allen Räumen, kleine Dampfwolken ziehen vor ihrem Mund hin. Sie streicht Brote und richtet Päckchen her, sie näht noch schnell einen abgerissenen Knopf an. Sie weckt nochmals das kleine verschlafene Dienstmädchen und deckt inzwischen den Frühstückstisch. Ihre Finger zittern morgens immer ein wenig vor Nervosität, bis sie den Mann und die Kinder pünktlich und wohlversorgt aus dem Haus gebracht hat. Nachher wird es ein wenig angenehmer. Sie rechnet das Haushaltsbuch durch und entwirft den Plan für den laufenden Tag. Sie putzt den Kanarienvogel; sie begießt die Blumen. Sie räumt das Schlafzimmer auf, wobei ihre Hände blau vor Kälte werden. Sie wischt im Wohnzimmer den Staub, sie schilt mit dem trägen kleinen Dienstmädchen, das alles nur halb macht. Sie steht am Kohlenaufzug und hilft die Eimer heraufziehen, sie überwacht das heikle und sparsam gehandhabte Geschäft des Einheizens. Sie tut ein altes Regenhütchen auf den Kopf, nimmt eine Markttasche zur Hand, die aus einem alten Rockfutter gemacht ist, und trabt zur Halle, wo es heute billigen Fisch gibt. Sie segelt mit der schweren und gefüllten Tasche heimwärts, sie zankt mit dem Dienstmädchen und bohnert nun selbst den Flur, der nicht sauber geworden ist. Sie kocht. Sie plättet eine Bluse für Marianne, die nachmittags eingeladen ist. Sie kocht wieder. Bei Zienkanns ißt man in drei Abteilungen: Marianne kommt um ein Uhr und muß um drei wieder fort; Otto kommt um halbdrei und muß um vier Uhr wieder fort. Herr Zienkann kommt nach vier und schläft hinterher. Das Dienstmädchen knurrt über solche

Wirtschaft, bei der man nie fertig wird. Frau Zienkann trocknet selbst das Geschirr mit ab –
Sie stopft dem Mann die Wäsche, überhört die Aufgaben des Gymnasiasten, sie sitzt im Hinterzimmer an der Maschine und macht aus sechs alten Bettlaken drei neue, sie trennt ein Kleid auf und schneidet etwas für Marianne daraus zurecht, wobei ihre Finger zittern. Sie plättet steife Kragen, kunstvoll und mit Glanzstärke. Sie richtet das Abendbrot her. Sie schaut ein wenig in ihr Haushaltsbuch, wobei ihr Gesicht wieder jenen törichten Ausdruck der Anspannung annimmt. Nachher seufzt sie. Herr Zienkann liest ungerührt die Zeitung und gähnt manchmal. Auch Frau Zienkann ist müde; aber sie wartet noch, bis Otto, der bei einem Freund ist, heimkommt. Sie nimmt sogar noch eine Handarbeit vor; sie häkelt eine endlose, endlose Spitze für Mariannens Wäsche und denkt dabei an den Schrank, den sie kaufen muß.
Nein, es ist nichts Besonderes um diese Frau Elisabeth Zienkann; sie ist nur eine von hunderttausend Frauen, die das gleiche Tagewerk betreiben. Sie ist nicht groß und nicht klein, eher zart gebaut; nicht häßlich, aber auch nicht hübsch. Nicht mehr jung, aber auch nicht alt. Nicht unglücklich, aber auch nicht glücklich. Sie erzählt manchmal, daß sie früher schönes Haar gehabt hätte. Sie steht zuweilen still in der guten Stube und schaut die Fotografie des jungen Herrn Zienkann an; es kommt vor, daß sie ihre zerarbeiteten Hände besieht und wunderlich lächelt. Man muß eine Creme kaufen – denkt sie dann und vergißt es wieder. Ganz selten geschieht es sogar, daß sie abends an das kleine Bücherbord geht und ein Buch herunterholt; aber dann schläft sie gewöhnlich bei der dritten Seite ein. Oder sie setzt sich vor das Pianino und nimmt nach einer Weile die Hände aus dem Schoß und schlägt einen Akkord an, und dann horcht sie lange hinterher, bis alle Klangwellen verzittert sind. Die Kinder lachen heimlich dazu. »Das Leben ist schwer –«, sagt

Frau Zienkann zuweilen. Aber das ist im Grunde nur eine Redensart ...

Es gibt Tage, an denen das Leben leicht ist, an denen alles pünktlich geschieht und glatt abläuft. Aber der Montag, an dem Frau Zienkann auszog, um den neuen Schrank zu kaufen, war nicht von dieser angenehmen Art. Zunächst war Frau Zienkann zu früh und plötzlich aufgewacht und hatte davon ein sonderbares, dumpfes Gefühl im Kopf behalten; dann regnete es, in einer gleichmäßigen und verzweifelten Art, und dazu wehte ein Wind, unter dessen Anstoß ihr ein Schauer nach dem anderen über den Rücken lief. Trotzdem spannte Frau Zienkann ihren Schirm auf und begab sich gesammelt auf den Weg. Sie besaß neunzig Mark, alles in allem, und wußte genau, was sie wollte. Sie brauchte einen dreiteiligen Schrank, der zwei Abteilungen zum Legen und eine zum Hängen hatte, der ferner Laden und, wenn möglich, einen Spiegel besaß. Er sollte, falls das Geld reichte, aus Nußholz sein, zum Schlafzimmer passend, dann konnte der alte Schrank in den Flur gestellt werden; er konnte auch weiß gestrichen sein und in Mariannens Zimmer kommen. Schlimmstenfalls – dachte Frau Zienkann – kaufe ich irgendeinen großen Schrank, mag er aussehen wie immer, und stelle ihn in den dunklen Flurwinkel. Aber bei dieser Idee fühlte sie wieder den unbestimmten körperlichen Schmerz und Kummer vom Morgen und ein wunderliches Ekelgefühl.

Frau Zienkann also begab sich auf den Weg und besah Schränke. Sie wanderte zunächst in ein bewährtes Möbelgeschäft in der Hauptstraße, wo man keinen einzelnen Schrank, nur ganze Zimmer abgeben wollte. In ein zweites, wo die Auswahl klein und die Preise groß schienen. In ein drittes, weit abgelegenes, wo dic Ausführung mangelhaft war und der billigste Schrank dreihundert Mark kostete. Sie trabte zurück in die Altstadt, in die kleinen, schlechtberufenen Läden, fand einen Schrank um neunzig Mark, der viel zu klein war und ihr so sehr mißfiel, daß sie sich nicht zum Kauf entschließen konnte. Wieder in die Vorstadt, über Hinterhöfe in eine Möbeltischlerei, wo es nach Leim roch, wo sie einem schielenden Menschen mit braungebeizten und tätowierten Armen ihre Wünsche vorlegte und die Preise für einen neu anzufertigenden Schrank erfragen wollte. Sie war nun schon sehr müde. Aus ihrem Schirm rann ein kleines Rinnsal und breitete sich auf dem Boden aus; von ihrem Regenhütchen tropfte es. Zeitweise überflog ein kleiner, stoßender Schauer ihren Rücken. Der große Tischlerbleistift wanderte über das Papier und rechnete. Ein Nußbaumschrank kostet sechshundert Mark, ein weiß lackierter dreihundert, ein ganz billig ausgeführter noch immer hundertundfünfzig. Aber sie besaß neunzig Mark, alles in allem. »Ich werde mit meinem Mann sprechen –«, sagte Frau Zienkann ungewiß. Sie war so sehr müde. Sie saß noch einen Augenblick mit leeren Augen da und hörte den Wind an die schlechten Werkstattfenster klirren. Den Weg zur Altstadt zurück nahm sie mit der Straßenbahn. Die nassen Menschen dunsteten zusammengeknäuelt, das benahm den Atem und machte schwindelig. Frau Zienkann trabte von der Haltestelle heim, schalt mit dem Dienstmädchen und überwachte die drei Mittagessen; sie selbst hatte keinen Hunger, sie dachte nur an den Schrank. Sie sprach mit ihrem Mann, aber das änderte nichts. Man hatte nicht mehr als neunzig Mark, und der Schrank mußte gekauft werden, der Schrank war das Wichtigste. Es gab noch andere Unannehmlichkeiten; das Essen roch unerquicklich. Der Ofen rauchte. Otto hatte nasse Füße, schon wieder waren seine Stiefel kaputt. Frau Zienkann sammelte sich und überrechnete den Preis für neue Sohlen; ihre Gedanken hatten an diesem Tag eine sonderbare Neigung, davonzukreiseln, in ihrem dumpf schmerzenden Kopf war alles so haltlos heute. Sie zog eine warme Un-

terjacke an, denn sie fror sehr, und sie machte sich wieder auf den Weg nach einem Schrank.
Es war sechs Uhr abends, als sie bei einem Auktionator in einer üblen kleinen Gasse fand, was sie brauchte. Einen dreiteiligen, weiß lackierten Schrank, zwar abgestoßen, verbraucht, zwar ohne Spiegel und mit verdorbenen Schlössern; aber immerhin ein braves und gebräuchliches Möbelstück. »Der Schrank kommt morgen um drei zur Versteigerung«, sagte der Auktionator, ein alter Mann, der verwachsen aussah, ohne es zu sein. »Achtzig bis hundert Mark wird er bringen –«
Frau Zienkanns Herz klopfte stark. Sie ging um den Schrank herum, sie prüfte ihn von allen Seiten, ihre gestopften Zwirnhandschuhe fuhren knisternd über den abgeriebenen Lack. Der Schrank war richtig; dennoch gefiel er ihr nicht. »Ist auch kein Ungeziefer darin?« fragte sie, aber sie überhörte die Antwort. Der Schrank wuchs plötzlich vor ihren Augen, blähte sich auf, kam ins Wanken. »Kann ich mich setzen?« fragte Frau Zienkann schnell, ein Stuhl wurde ihr untergeschoben. Dann saß sie ein paar Minuten da, den Mund zusammengezogen und die Hände fest um den nassen Schirm gelegt, und kämpfte gegen eine Übelkeit an. »Ich danke; ich komme also morgen; ganz bestimmt«, sagte sie nachher und ging tapfer wieder in das Unwetter hinaus. Ihre Kniekehlen waren sonderbar leer geworden. Es ekelte sie vor dem alten Schrank, den sie morgen kaufen würde. Das Gefühl der Anspannung, der Erregung und Verantwortung bei etwas sehr Wichtigem, dieses Gefühl, das sie den ganzen Tag beherrscht hatte, löste sich plötzlich. Es blieb nur Müdigkeit und Unbehagen. Unter einer Laterne, die im Winde zuckte, verweilte sie ein paar Minuten mit erloschenem Gesicht. Und dann, in einem wunderlichen Gefühl der Auflehnung, betrat sie das feinste Möbelgeschäft der Stadt, zog mit ihrer armseligen, vom Regen gänzlich aufgelösten Figur an

Spiegeln vorbei, treppauf, und ließ sich Schränke zeigen. Sie wurde von einem vornehmen Herrn umhergeführt, man zeigte ihr Schränke, wundervolle Schränke, Schränke, die kaum zu träumen waren, erlesene Zusammenklänge von Material, Form und Zweckmäßigkeit. Frau Zienkann, die schwindlig lächelte, wählte einen Schrank aus, welcher fünfzehnhundert Mark kostete, und versprach, morgen wiederzukommen. Mit einem fieberhaften und aufgewühlten Gefühl verließ sie das Geschäft, vor dem man schon die Rolläden schloß. Ihr Mund war angefüllt mit etwas Fremdem, mit dem Geschmack von Abenteuer und Hochstapelei. Verworrenen Sinnes zog sie heimwärts.

Zu Hause war es kalt; der Ofen war bei seiner Widerspenstigkeit verblieben. Herr Zienkann murrte, die Kinder waren hungrig. Frau Zienkann schalt ein wenig mit dem faulen Dienstmädchen, sie bereitete das Abendbrot, aber sie selbst aß kaum. Das Gespräch tröpfelte in engem Umkreis hin. Hernach ergriff Herr Zienkann die Zeitung. Otto grub sich in einen Schmöker, und Marianne polierte ihre Nägel. Frau Zienkann erhob sich, und als sie einen Stapel Strümpfe vor sich hinlegte, die auszubessern waren, spürte sie seltsam klar, daß es der letzte Rest von Kraft war, den sie soeben verbraucht hatte. Die Hände sanken ihr untätig über der Arbeit zusammen, ihre Augen schlossen sich, und nur ein schmaler Spalt blieb krank zwischen den Lidrändern sichtbar. Herr Zienkann, über die Zeitung geneigt, erkundigte sich nach dem Stand der Schrankangelegenheit. Frau Zienkann begann mit geschlossenen Augen zu lächeln. »Einen wunderbaren Schrank habe ich gesehen«, sagte sie. »Wunderbar – und groß. So geschickt und gut zu brauchen. Und so schön dabei. Es gibt so schöne Sachen.«

»Und kostet?« fragte Herr Zienkann.

»Wir kaufen ihn ja nicht«, sagte sie. Herr Zienkann lachte durch die Nase.

Frau Zienkann stand etwas später auf und bewegte sich zum Pianino hin; das ganze Zimmer hing jetzt voll mit zerfließenden Schleiern vor ihren trüben Augen. Sie hob den Dekkel und schlug einen Akkord an. Er baute sich auf und schwang sich zitternd hin. Die Frau horchte. Sie hörte ihn noch, als er lange verklungen war.
»Ich bin müde. Ich lege mich ins Bett. Die Kinder sollen auch schlafen gehen«, murmelte sie. Sie watete durch Schwindel hin ins kalte Schlafzimmer. Hinter ihr blieb eine Qual: daß die Strümpfe ungestopft und ungeordnet auf dem Tisch lagen.
Als sie im Bett lag, überfiel sie ein unaufhaltsames Zittern; erst bebten nur die Kiefer mit den Zähnen aneinander, dann das Kinn, die Stirnhaut, die Schläfenmuskeln; die Arme dann, die geballten Hände, die Schenkel zuletzt und die Knie, wie im Krampf. Und zugleich kamen alle Schränke, welche Frau Zienkann an diesem Montag gesehen hatte, ins Schlafzimmer herein, sie drängten hinter Herrn Zienkann her, der nunmehr erschienen war und sich seiner Kleider entledigte. Sie schoben sich noch zwischen Frau Zienkanns geschlossene Lider, als der Mann schon hustend im Bett lag und das Licht verlöscht war. Dann ließ der Schüttelfrost nach, zuletzt blieb noch der abgelebte weiße Schrank da, der morgen ersteigert werden mußte, dann löste sich alles und wurde Wärme. Die Frau haschte noch dumpf nach etwas Schönem, vielleicht war es der teure Schrank aus dem feinsten Geschäft der Stadt, vielleicht auch ein verklingender Akkord, vielleicht schon Schlaf und Traum.
Später erwachte die Frau, und dies geschah ihr: Von unten her schwebte etwas leuchtend Blaues in die Nacht. Es wuchs leicht herauf und entfaltete sich vor ihren fest geschlossenen Augen. Es war etwas ganz Unwirkliches, etwas, das keinen Namen hatte. Die Farbe hatte keinen Namen, die Form nicht. Es blühte auf, bewegte sich, leuchtete, schwebte. Es

hatte einen Kelch, aus dem Stille tropfte und Beglückung und Ahnung fremder Sterne. Es tauchte aus dem Irgendwo auf, schwamm vorbei, zerglitt im Irgendwo.
Die Frau atmete tief und gleichmäßig; ihre Brust war voll von einem neuen Schmerz, der wirklich war. Aber diese Brust lag fremd in ihr, die sich leicht fühlte und selig erschüttert von etwas, das nicht wirklich war.
Was war dies? dachte sie ergriffen, mein Gott, was war dies unbeschreiblich Schöne? Und mit dem Gedanken zerfloß sie wieder in Schlaf.
Nachts wurde sie gerufen. Eine klare Stimme rief sie bei ihrem Namen: »Elisabeth!« Sie setzte sich auf, gesammelt und bereit, und fragte: »Was ist?«
»Was gibt's?« fragte Herr Zienkann nebenan verschleimt.
»Man hat mich gerufen«, flüsterte sie.
»Unsinn, gib Ruhe«, knurrte der Gatte. »Du hast geträumt.«
Nicht geträumt, dachte die Frau; einen Augenblick lang wußte sie etwas ganz Wichtiges, und ihr Herz setzte aus. Dann begann es sanft gelöst wieder zu schlagen, und Wissen, Traum und Fieber sank in eines.
Draußen regnete es; Laternenlicht glitt in die Fenster, und ein fahler Reflex lag in dem Spiegel des Wandschranks.

2

Die Weckuhr klingelte. Ihr scharfes Geräusch senkte sich als Schmerz in den Kopf der Frau, schnitt durchs Gehirn, stach in die Augen, sank brennend durch die Kehle und blieb schwer und stechend in der Brust liegen, als schon die Glocke ausgeklingelt hatte. Herr Zienkann begann prompt zu husten, bis die Uhr im Nebenzimmer sieben schlug. Die Frau öffnete einmal die Augen und ließ sie gleich wieder zufallen. Nun bin ich krank, dachte sie müde und ungeduldig, aber sehr klar. Der Mann angelte nach seinen Pantoffeln und kroch aus dem knarrenden Bett. »Na, Mutter! Aufstehen!« sagte er.

Und gehorsam erhob sich Frau Zienkann. Sie schleppte ihren großen, schweren Kopf von den Kissen fort wie eine Last und öffnete die Augen. Über ihre Strümpfe gebeugt, wäre sie fast vornüber gesunken. Sie saß auf der Bettkante, drückte mit beiden Händen ihre Brust zusammen und hustete vorsichtig. Herr Zienkann beim Waschtisch, der die Zahnbürste im Mund hatte, wendete ihr einen fragenden Blick zu.

»Ich habe mich erkältet«, sagte Frau Zienkann schuldbewußt. Dann tappte sie davon, um die Kinder und das verschlafene Dienstmädchen zu wecken. Eine Maschine in ihr lief und tat pflichttreu die vorgeschriebenen Dinge. Sie setzte Wasser auf den Gasherd, weckte nochmals das Dienstmädchen, deckte den Frühstückstisch, richtete Brote zum Mitnehmen. »Lege dich doch ins Bett«, sagte Herr Zienkann beim Frühstück, dem ihre trüben Augen nicht gefielen.

»Das kann ich nicht; mir fehlt ja nichts. Ich muß auch heute zur Auktion, den Schrank kaufen«, sagte sie halblaut. Das Sprechen schmerzte sie.

»Ist das so wichtig?« fragte Marianne.

»Ja. Ganz wichtig«, sagte Frau Zienkann überzeugt und ging an ihr Tagewerk. Sie brachte Mann und Kinder pünktlich aus dem Haus, versorgte den Kanarienvogel und begoß die Blumen. Das Schlafzimmer räumte sie nur oberflächlich auf, und dann stand sie ein paar Minuten an das Fensterkreuz geklammert und schaute mit ihren trüben Augen auf die Straße. Das Wetter hatte sich gebessert. »Bald gibt es Frühling«, sagte sie zu dem Mädchen, das hinter ihr im Zimmer hantierte. Aber sie glaubte in Wahrheit nicht an dieses Frühlingwerden. Sie sagte es nur, weil es sie nach etwas Hoffnungsvollem und Aufhellendem verlangte. Sie stand und zog

die Stirne zusammen und schloß die Augen, um besser nachzudenken. Etwas Schönes und Wichtiges war ihr gestern geschehen. Aber sie fand es nicht wieder. Sie seufzte – was einen feinen Schmerz in der Brust gab –, sie setzte ihr armes Hütchen auf, nahm die Tasche aus altem Futterstoff zur Hand und trabte zum Fleischer.
Der Fleischerladen war voll und roch unerfreulich. Halbe Kälber und Schweine hingen wandum, und auf einer Schüssel lagen ihre bleichen, fetten, nackten Köpfe. Der Geselle schälte ein blutgesprenkeltes weiches Hirn aus einem der Schädel. Nebenan wog man blutigrote Stücke Ochsenfleisch und abgesplitterte Knochen. Es war eine übermäßige Deutlichkeit in diesen Dingen, etwas so Leichenhaftes und Verwesendes, so schien es Frau Zienkann plötzlich, daß sie es nicht ertragen konnte. Sie taumelte rücklings, drei Stufen hinab und war wieder auf der Straße. Gegen einen Laternenpfahl gelehnt, mußte sie sich übergeben; ein kleiner Hund stellte sich hin und schaute aufmerksam zu. Dann kam eine andere Frau, die auch ein altes Hütchen und eine Markttasche hatte, nahm sie mitleidig unter den Arm und brachte sie nach Hause. Auf der Treppe versagte ihren Knien vollends die Kraft; das kleine Dienstmädchen tauchte auf und schleppte sie stiegenaufwärts. Ihr war zum Weinen zumute und sehr verworren. Man zog ihr die feuchten Stiefel aus und legte sie ins Bett.
Nun liegt Frau Zienkann im Bett, sie hustet manchmal vorsichtig und hält die Augen geschlossen, aber sie ist überaus wach und umsichtig. Daß sie ihr Tagewerk nicht durchführen kann, lastet als ein Berg von Qual und Unruhe über ihr. Sie verlangt eine Klingel an ihr Bett, und nun klingelt sie immerfort. Das kleine Dienstmädchen erscheint, macht ein erschrecktes und unverständiges Gesicht und nimmt Aufträge und Fragen entgegen. Die Strümpfe liegen noch von gestern abend her auf dem Tisch und müssen weggeräumt

werden. Wer wird sie ausbessern? Es ist wichtig. Noch wichtiger, wer das Mittagessen kochen soll. Ottos Schuhe müssen zum Schuster getragen werden. Im alten, engen Schrank muß Ordnung geschaffen werden. Und vor allem: Wird Frau Zienkann nachmittags aufstehen und zur Auktion gehen können, um den weißen Schrank zu kaufen, oder wird sie diese wertvolle, vielleicht einzige Gelegenheit versäumen?

Ach, es ist wenig Aussicht. Sie fiebert nun ganz offensichtlich, und die Welt um sie her schwankt in Kreisen und Wellen und ist ganz haltlos geworden. Aber zugleich mit dem Fieber steigt ihr Fleiß und ihre Unrast und ihr waches Gefühl für das, was wichtig und notwendig ist. An ihrem Bett, unter ihren Augen, muß das kleine Mädchen kochen und rühren und Kartoffeln schälen. Die Strümpfe werden besehen und mit fahrigen Händen sortiert; sie klingelt und ruft und überwacht und teilt ein. Otto erhält pünktlich sein Essen und wird selbst mit seinen zerrissenen Stiefeln zum Flickschuster beordert. Er verläßt erschreckt und befangen das Krankenzimmer. Herr Zienkann erscheint und murmelt Mitleid; er streicht auch besorgt über ihr Haar und ihre Stirn; aber die Frau, überreizt und wach, findet seine Hände unangenehm, ihren Geruch, ihre Form, ihre Haut. Sie wendet sich ab von diesen fremden Händen und zieht die Stirn zusammen und möchte sich an etwas Schönes erinnern können, das ihr gestern widerfahren ist ...

Indessen ist Marianne mit den neunzig Mark zur Auktion entsandt worden, um den Schrank zu erstehen. Und während der ganzen Zeit, die sie fort ist, zittert Frau Zienkann vor Erregung und Ungeduld. Sie überhört ihre Schmerzen, ihr Fieber, ihr Kranksein und ist ganz und ausschließlich und mit stärkster Spannung dem Kauf des Schrankes zugewendet. Man hat Marianne in ihren kleinen sechzehnjährigen Kopf hineingehämmert, was sie bei der Auktion zu tun, wie sie sich zu benehmen hat, wie hoch sie mitsteigern darf. Wenn Frau Zienkann die Augen geschlossen hält, dann kann sie Marianne sehen und den Schrank mit seinen abgestoßenen Ecken, den alten Auktionator und die dumpfe Auktionshalle, erfüllt von Dunst und gestorbenen Gegenständen. Sie ist voll Angst und Unruhe und Erregung. Das Fieber steigt; manchmal setzt sie sich im Bett hin und hustet vorsichtig. Es ist ihr, als würde alles Unbehagen verschwinden, wenn erst Marianne wiederkäme und der Schrank, dieser notwendige Schrank gekauft sei. Sie horcht zum Fenster hin und in die Wohnung. Da sind so neue, unbegreifliche Geräusche. Da saust es in der Luft, stößt an Unsichtbares, wischt vorbei, hängt Schleier auf.

Die Frau schiebt sich in den Kissen hin und her. Es geht ihr nicht gut. Die Dinge ihres Lebens stehen um sie her und jagen sie. Der Mann, die Kinder, die Wirtschaft, das Essen, das Einkaufen, das Nähen, Flicken, Waschen, Sorgen, Rechnen. Noch ist sie mitten zwischen diesem Täglichen. Es drängt sich um sie; es ist ihr ganz nah und sieht doch so gespenstig aus, während sie daliegt und die Dämmerung ins Zimmer rinnt. Da sind Kochtöpfe mit durchstoßenen Böden; da sind zerlöcherte Kinderstiefel; da sind verdorbene Lebensmittel. Zahlen in einem fleckigen Wirtschaftsbuch, der schmutzige Rocksaum eines weißen Mädchenkleides. Die fetten Köpfe aus dem Fleischerladen sind da; man steckt sie in den alten Schrank, der ohnedies viel zu klein ist.

»Marianne!« schreit Frau Zienkann; es ist ein Hilferuf. Herr Zienkann tappt herbei; er hat Pantoffel an den Füßen. Sie hört ihn schleichen, aber sie sieht ihn nicht, es ist schwarz vor ihren Augen. »Ich mache Licht«, sagt Herr Zienkann beruhigend; »wie geht's denn? Besser? Du mußt einen wollenen Strumpf um den Hals binden.«

Das tut die Frau. Sie bindet einen Strumpf um den Hals und wird fleißig. Die Klingel geht immerfort in ihrer Hand; das

Dienstmädchen läuft. Die Klinken müssen geputzt werden; man sollte Taschentücher waschen. Abendbrot soll gerichtet werden – und wer wird Ottos Aufgaben überhören?
Ganz plötzlich dann, mitten in aller Hast und Tätigkeit schläft sie ein. Es ist nicht Schlaf, nicht das, was gesunde und tätige Menschen Schlaf nennen. Ihr geschieht etwas anderes, etwas Lösendes, Sanftes. Sie wird weggeführt in einem schwingenden Gleiten. Man löst sie aus einer Hülle von Qual, die abfällt; man führt sie fort und weiter fort, die Ufer runden sich und sinken weg; das Blaue wächst wieder heran und faltet seinen Kelch auf und umschließt sie und gleitet mit ihr, gleitet –
»Mein Traumboot fährt über den See der Müdigkeit«, flüstert sie.
»Was willst du, Mutter?« fragt jemand, der an ihrem Bett sitzt und einen viereckigen Kopf hat.
»Mein Traumboot fährt über den See der Müdigkeit –«
Es ist Otto, der sie sachte anstößt und fragt: »Was willst du, Mutter?« Sie ist wach. Sie sagt leise: »Das wird aus einem Gedicht sein.« Dann horcht sie dem Klang nach, wie sie manchmal den Klavierakkorden nachhorchte abends, wenn sie sehr müde war. Irgendwo klappert es von Geschirr. Das kümmert sie nicht. Sie liegt da und lächelt wunderlich, ganz gestillt. Otto schleicht davon, er hat Angst vor ihren Augen. Der Kanarienvogel trillert kurz. Die Uhr schlägt. Dann ist Marianne da.
Marianne kam mit Lärm ins Zimmer gefahren, sie hatte heiße Wangen und eine laute Stimme. Sie lachte; von ihrem Hute tropfte es, sie schwang den Regenschirm in der Hand, sie war ganz wirklich. »Wir haben den Schrank!« schrie sie. »Wir haben ihn, Mutter, da war noch so ein alter Kerl, der hat geboten und gesteigert, aber ich, das hättest du hören müssen, erst gewartet, und dann – zugeschlagen. Hurra! Und ein feiner Schrank, und weißt du, was er gekostet hat?

Zweiundachtzig Mark, jawohl, acht Mark erspart, hab' ich das gut gemacht? Am Sonntag bringt er ihn selbst, in der Woche hat er keine Zeit, sagt er, ich freu' mich drauf, der kommt doch in mein Zimmer? Freust du dich denn auch, Mutter? Du warst doch so aufgeregt, ob wir ihn kriegen –«

Frau Zienkann lag ganz still in ihrem Bett und schaute das Mädchen an; etwas wie Staunen oder Verwunderung war in ihrem Gesicht. Dann begann sie zu lächeln, und Marianne verstummte. Es wurde still im Zimmer.

Herr Zienkann stand da in seinen Pantoffeln, und Otto mit seinem englischen Grammatikbuch und das träge kleine Dienstmädchen sogar, und alle wollten sehen, wie Frau Zienkann sich über den gekauften Schrank freute. Sie warteten.

Frau Zienkann schwieg. Was ist ein Schrank? dachte sie dunkel. Sie drehte sich zur Wand hin und schwieg. Sie machte nur eine Bewegung, eine kleine, müde, absonderliche Bewegung mit der Hand.

So, als ließe sie in diesem Augenblick etwas fallen, das sie bisher umklammert gehalten hatte.

3

Die Weckuhr klingelte. Herr Zienkann begann zu husten. Dann schlug im Nebenzimmer die Uhr siebenmal.

Die Frau hatte wohl gehört, wie mit dem gewohnten Geräusch der nächste Tag begann, aber es kümmerte sie nicht mehr. Sie lag im Bett mit geschlossenen Fieberaugen und bewegte sich nicht. Sie ging ihren Weg, sie ging Stufen aufwärts und aufwärts, sie war schon weit fort von dem, was hier geschah.

Gestern noch war alles Qual und Unrast und Jagd ums Tägliche gewesen. Heute war sie aufgehoben und fortgeführt in

andere Bezirke. Der Körper litt, dieser abgearbeitete Körper einer Frau Zienkann, der in einem mittelmäßigen Bett lag und Lungenentzündung hatte. Aber die Seele, das, was Sehnsucht an ihr war oder Schwingung oder Flug, oder Ewigkeit, die Seele öffnete sich Tür um Tür und wurde leichter und drang aufwärts.
In einer sanften und dankbaren Betäubung lag die Frau und wehrte sich nicht gegen das, was ihr geschah.
Man war unzufrieden mit ihr. Der Doktor kam und hantierte an ihr und zwang sie zu korrekten und wachen Antworten. Im Nebenzimmer gab er seine halb triste und halb hoffnungsfreudige Meinung ab und ließ Herrn Zienkann in Sorge und Bedrückung zurück. Man rüttelte die Frau aus ihrem sanften Fortgleiten. Man drang ihr Arzneien auf, Umschläge, belebende und ermunternde Mittel. Man überließ sie eine halbe Stunde lang ihrem Dämmern – immerfort ging sie Stufen empor und empor – und riß sie wieder herunter. Das Leben hatte laute Stimmen, um sie zu rufen; es hatte feste Hände, um sie zu halten. Es ließ sie nicht los. Sie erwachte und erschrak. Meine Kinder – dachte sie erschüttert. Mein Mädchen, mein Junge, mein kleiner Sohn. Mein Mann, dachte sie, ferner und leiser, und dann rief sie alle zu sich. Aber als sie die Gesichter über sich geneigt sah, da waren sie ihr doch fremd, waren anders als das Bild, das ihre Seele von ihnen trug. Sie drehte sich von ihnen fort, zur Wand. Sie ging schon wieder, ging Stufen und Stufen –
Einmal, als sie die Augen öffnete, war ihre tote Mutter bei ihr. Sie saß am Bettrand und hatte weißes Haar, obwohl sie jung gestorben war. Frau Zienkann lächelte. »Ich weiß es schon, Mutter«, flüsterte sie. »Ja, jetzt weißt du es bald«, sagte die Mutter still und nickte mit ihrem weißen Kopf. Die Frau lag ein wenig ohne Regung und sagte dann: »Jetzt ist mir leicht.« Sie nahm die Hand ihrer gestorbenen Mutter, die weich und voll Wärme war, und legte sie auf ihre Kehle.

Da konnte sie atmen. »Wie hast du gelebt?« fragte die Mutter.
»Wie habe ich gelebt?« wiederholte die Frau. »Wie habe ich gelebt ...?« Sie schwieg; dann war es ihr so, als weine sie, aber es kamen keine Tränen aus ihren Augen. Sie schaute weit vor sich hin, da sah sie ihr Leben.
Sie lag lange still und atmete und sah ihr Leben.
Nachher flüsterte sie: »Nur ungeborene Wünsche, Mutter.«
Aber da war die Mutter nicht mehr da. Die Frau trat an das Pianino und öffnete es und schlug einen Akkord an. Er baute sich auf und klang und verschwebte. Sie horchte ihm lange nach. In einem Buch stand eine Zeile: Mein Traumboot fährt über den See der Müdigkeit – Nun weinte sie wirklich, sie spürte ihre Tränen. »Nur ungeborene Wünsche, Mutter, nur ungeborene Wünsche«, flüsterte sie nochmals. Ihre Tränen weckten sie auf. Sie öffnete die Augen, die geschlossen gewesen waren, obwohl sie so weit und offen ihr Leben gesehen hatte. Sie richtete sich in den Kissen auf und wartete.
Im Nebenzimmer war Geräusch. Dort wurde gegessen, die Teller klangen, und die Kinder sprachen. Den Vogel sogar konnte sie hören, er rollte einen ganz feinen, hohen Ton. Dort ging das Leben weiter, indes sie hier lag und starb.
Ihr Herz blieb stehen, sie beugte sich weit vor und preßte die Hände ineinander; dann lösten sie sich und lagen vor ihr auf der Bettdecke. Sie schaute sie an. Es waren nicht mehr die Hände von gestern. Es waren schmale, weiße, feine Hände geworden. Sterbe ich denn? fragte die Frau und schaute ihre Hände an.
Ja, ich sterbe, dachte sie. Was ist das: Ich sterbe? Was ist das? Was ist das: Sterben? Frau Elisabeth Zienkann stirbt. Bin ich Frau Elisabeth Zienkann?
Sie sah eine Frau über die Straße laufen, eine armselige Frau, abgenützt, verbraucht, mit dem alten Hütchen, mit der

Markttasche, mit dem versorgten Gesicht und den Gedanken, die ganz am Notwendigen klebten. Nein, das bin ich nicht. Das will ich nicht sein. Ich will sterben. Was ist das: Sterben? Fortgehen von all dem. Ich will fortgehen. Anders sein. Ich will anders sein. Ich – dachte sie. Und dabei sah sie wieder dieses unbeschreiblich Blaue, Leuchtende emporsteigen, sich entfalten und verschweben. »Ich habe keine Angst, Mutter, nein, keine Angst«, flüsterte sie. Ihr Herz schlug schwach und schnell.

Herr Zienkann schlich in Pantoffeln ins Zimmer und beugte sich über sie und schlich wieder ans Fenster. Es kam ein wenig Nachmittagssonne dort herein.

»Jetzt ist das Wetter schön geworden«, sagte er munter.

»Spürst du's? Das wird dir gut tun.«

»Marianne ist brav; sie hat gekocht. Aber so wie bei Muttern schmeckt's eben doch nicht«, sagte er noch, da keine Antwort kam.

»Am Sonntag bringen sie den Schrank, da mußt du uns wieder gesund sein«, fügte er später hinzu und schaute sie erwartungsvoll an.

Doch die Frau wendete sich ab und ging fort von ihm, schnell und über Stufen, immer weiter zu dem Tor, das sie öffnen wollte, obwohl sie Angst hatte.

4

Die Weckuhr klingelte nicht, die Uhr im Nebenzimmer schlug nicht. Herr Zienkann wagte nicht zu husten. Er angelte nach seinen Pantoffeln und stand ganz leise auf und schlich zum Bett seiner Frau.

»Du hast ja klare Augen, Mutter«, sagte er froh erstaunt. »Geht es dir besser?«

Frau Zienkann saß halb aufgerichtet in ihren Kissen, und ihr

Gesicht hatte einen beinahe törichten Ausdruck der Anspannung. Sie hustete vorsichtig und sprach sehr leise, aber sie sprach in geordneten und vernünftigen Sätzen.
»Nein. Es geht mir sehr schlecht«, sagte sie. »Ich habe Schmerzen, da und da. Gib mir das Fieberthermometer, ich möchte mich messen. Und man soll gleich hier einheizen, es ist kalt. Hat das Mädchen daran gedacht, Brennholz zu holen? Gewiß nicht. Sicher schläft sie noch –«
Gott sei Dank, dachte Herr Zienkann inbrünstig, als er seine Frau auf das Mädchen schelten hörte. Gott sei Dank, es wird alles gut –
Frau Zienkann besah das Thermometer – es stand über neununddreißig – und war unzufrieden, ihr Herz schlug schwach und ermüdet, sie bat um schwarzen Kaffee. Sie fühlte sich sehr schlecht, aber klar und wach. »Habe ich gestern fantasiert?« fragte sie. In ihr war eine dämmernde Erinnerung, als wäre sie weit gewandert und hoch gestiegen und dann wieder umgekehrt vor einem verschlossenen Tor. Als wäre jemand bei ihr gewesen und hätte ihr ein Geheimnis gesagt, das sie nun vergessen hatte. »Man träumt so dumm, wenn man Fieber hat«, sagte sie streng. »Krank sein, das gibt es nicht. Dazu hat unsereiner keine Zeit.« Heute arbeitete der Motor wieder. Heute tat sie wieder ihre Pflicht, der sie gestern auf dunklen und befreienden Wegen zu anderen Ufern hin entwichen war. Heute betrieb sie das Geschäft des Gesundwerdens wie eine Arbeit.
Sie lag auf dem Rücken und atmete kurz und vorsichtig, sie hatte eine Uhr auf den Nachttisch stellen lassen und überwachte selbst den pünktlichen Ablauf der Mittel, die sie anzuwenden hatte. Sie ließ die Kinder an das Bett kommen und besah sie mit strengen und unzufriedenen Blicken. Gesunde Menschen waren sehr laut, sehr rücksichtslos, sehr egoistisch, so schien es ihr. Sie sprach mit dem Mann eingehend über ihre Krankheit. »Eine Erkältung, mein Gott«, sagte

Herr Zienkann munter. Frau Zienkann betrachtete mißtrauisch sein Gesicht. Er brachte ein übertrieben leichtsinniges und fröhliches Lächeln zustande. Das beleidigte sie. »Du nimmst es gar zu leicht«, sagte sie gereizt. »Mir ist es schlecht. Eine so starke Erkältung ist kein Spaß.«
Herr Zienkann pantoffelte ins Nebenzimmer und stellte sich vor das zugedeckte Vogelbauer und würgte zwei Tränen hinunter. Dann kam der Doktor.
Mit dem Doktor hatte Frau Zienkann eine lange und eingehende Unterredung, der sie mit Ernst und voller Aufmerksamkeit sich hingab. Er behorchte und beklopfte sie, er fühlte den Puls, besah die Zunge, kurz er tat, was seines Handwerks war. Frau Zienkann unterzog sich mit Sammlung diesen Prozeduren und bat ihn um Aufrichtigkeit. Auch der Doktor, während er seine Hände wusch und abtrocknete, bezeichnete ihre Krankheit als eine Erkältung, eine heftige Erkältung zwar, welche jedoch keinen Anlaß zu Besorgnis gab; auch er hatte den munteren und sorglosen Ton, der an Krankenbetten am Platz zu sein scheint und den Frau Zienkann diesmal dankbar entgegennahm. Sie fühlte sich besser nach dieser Unterredung, sie klingelte sogar und verlangte das Haushaltsbuch. Aber nachher war sie zu müde, und der Bleistift entglitt ihr bald und rollte davon, während die Zahlen einen infernalischen Tanz begannen.
Im Flur draußen fragte Herr Zienkann: »Ist die Gefahr vorüber, Herr Doktor? Sie ist heute so klar –«
»Ja, sie ist heute brav. Ich bin nicht unzufrieden. Es ist nicht schlechter geworden –«, sagte der Doktor hinterhältig und empfahl sich.
Als Herr Zienkann in das Schlafzimmer zurückkehrte, lag seine Frau mit geschlossenen Augen da; den Mund hatte sie zusammengepreßt und die enge feuchte Stirne gerunzelt. Sie dachte nach, das war zu sehen. Sie arbeitete an einem Gedanken, der ihr Mühe machte, und als sie damit zu Ende war,

setzte sie sich auf und öffnete die Augen weit und starrte ihren Mann an.
»Warum bist du heute nicht in dein Büro gegangen?« fragte sie streng. »Was machst du zu Hause? Was willst du eigentlich? Warum bist du hier?«
Herr Zienkann stotterte. »Ich habe Husten, jawohl, ich will mich nicht auch noch erkälten. Ich bin eben zu Hause geblieben. Bei diesem Wetter, mit meinen Bronchien –«
Es kam Sonne beim Fenster herein; man sah ihren Widerschein im Spiegel des Wäscheschrankes. »Die Sonne scheint ja –«, flüsterte die Frau und lächelte wunderlich.
»Ja, jetzt; aber der Sturm geht noch immer, und mein Husten –« Herr Zienkann hustete hilflos übertrieben. Frau Zienkann ließ die Hände sinken und drehte sich zur Wand. »So«, sagte sie nur, und später nochmals: »So.«
Ihr lügt nur, ihr – dachte sie feindselig. Es ist also gefährlich. Ihr glaubt, daß ich sterbe? Aber ich bin ja jung –
Sie schaute ihre Hände an, die fremd vor ihr lagen und nicht mehr zu ihr gehörten. Ich will nicht sterben. Ich darf es ja auch nicht ..., dachte sie.
Es war der vierte Tag ihrer Krankheit und der schwerste. Bis hierher hatte sie sich treiben lassen; nun hielt sie inne. Nun begann sie zu kämpfen und sich zu wehren. Nun klammerte sie sich an die Enge und Unzulänglichkeit, die Leben heißt. Nun war die Qual groß. Das Gefängnis des Seins war geöffnet, doch sie verließ es noch nicht. Der Weg lag vor ihr, doch sie ging ihn noch nicht. Das Boot lag bereit zum anderen Ufer; doch sie zögerte noch. Da litt sie sehr. »Ich will noch leben«, klagte sie. »Ich habe noch nichts vom Leben gehabt.«
Wieder saß die Mutter mit weißen Haaren an ihrem Bett, und wieder sah sie ihr Leben. Es strömte schnell vorbei; es war ihr so, als geschehe alles gleichzeitig und die Zeit höre auf. Erst war sie ein Kind, geheimnisvoll und vollkommen,

manchmal sehr glücklich und manchmal tief im Kummer. Aber die Kindheit leuchtete doch, wie das Blaue, Namenlose, Ahnende geleuchtet hatte. Dann war sie schon jung und schön, auch schön. Einmal wurde sie gemalt, ein junger Mensch stand da und schaute sie an und malte sie. Ein Himmel mit Sternen hing sehr tief über einem Frühlingsabend, und eine Schlehdornhecke blühte weiß im Dunkeln. Lippen waren da, einmal gespürt und vergessen. »Nino –?« flüsterte sie. »Gefallen im Krieg«, sagte die Mutter, die am Bettrand saß. Was gab es dann noch? Ein Sonntag auf einem Schiff. Hitze. Lärm. Verlobung. Ich bin so glücklich, sagte jemand. »Nein«, sagte die Frau sehr laut und richtete sich gereizt in den Kissen auf und widersprach der Erinnerung, die nur ein Irrtum war. Was dann noch kam, war ohne Glanz. Ein Kind lernte gehen: Das war ein guter Tag gewesen. Der Mann bekam eine Gehaltsaufbesserung, dann wurde es leichter. Nein, es wurde nicht leichter. Das Haushaltsbuch war voll Heimtücke. Die Zahlen verwandelten sich und wurden Tage. Die Frau sah alle Tage mit dünner Schrift ins Haushaltsbuch geschrieben und zählte sie zusammen. Das ging schwer. »Das sind nur Fehler«, sagte sie. »Es ist alles falsch gewesen. Leg mir das Buch fort.«
Herr Zienkann nahm das Buch, das noch auf der Bettdecke lag, und hob den Bleistift auf, der vorhin davongerollt war, und trug es hinaus. »Fang mir nicht wieder zu fantasieren an, Mutter«, bat er. »O nein«, sagte Frau Zienkann und riß sich zusammen. »Jetzt halte ich mich fest.«
Als Frau Zienkann sich festhielt, wurde es ihr so schlecht wie nie zuvor und nie nachher. Sie litt mit jedem Teil ihres Körpers. Der Kopf groß und schwer, der Mund vertrocknet, die Kehle heiß; der Atem ging gejagt und schmerzte. Die Bauchhöhle lag eingezogen und zitterte schwach in den Flanken. Die Füße froren, und es schien ihr, als wären sie weit von ihr entfernt. Ihr ganzer Körper wuchs ihr ungeheu-

erlich ins Weite und wurde ihr fremd. Sie tastete auf der Bettdecke und suchte ihre Glieder wieder zusammen, die sich immer wieder auf sonderbare Weise zu entfernen trachteten. Das gab sie nicht zu; sie hielt sich fest.

Weil die Zeit und die Qual kein Ende nahm und alles um sie so haltlos und unzuverlässig war, rief sie Marianne und ließ die Uhr aufziehen und die Tür zum Nebenzimmer öffnen. Die Uhr tickte und schlug die Viertelstunden und half ihr. Sooft sie am Versinken war, schlug die Uhr und riß sie wieder ins Wache zurück. Sie bewachte die Uhr, und in regelmäßigen Abständen wechselte sie die Umschläge und nahm die Tropfen, welche die Herztätigkeit unterstützen sollten. Ach, sie spürte, daß es mit der Herztätigkeit nicht zum besten stand. Es war eine Leere um dieses arbeitende Herz herum, die schlimmer war als alles andere. Dennoch schlug es und lief mit der Uhr um die Wette und tat seine Pflicht ...

Es gab Stunden an diesem Tag, in denen Frau Zienkann von einem solchen Fleiß, von einer derartigen Unrast erfüllt war wie nie in ihren gesunden Zeiten. Es war, als wollte sie in diese paar Stunden die ganze Arbeit ihres Lebens pressen. Immerfort ging die Klingel in ihrer Hand, und unausgesetzt, unausgesetzt flüsterte sie ihre Befehle in das Zimmer. Marianne, das kleine Dienstmädchen, der Gymnasiast, der Mann, sie alle wurden in Bewegung gehalten. Man sollte putzen, räumen, waschen, ausbessern, ordnen, alles ordnen, alles ordnen. Von dem Stapel Strümpfe, die da unausgebessert auf dem Tische zurückgeblieben waren, ging viel die Rede, und von dem alten Schrank, in dem nichts richtig lag, und von dem neuen Schrank, in dem alles in Ordnung kommen sollte. »Alles in Ordnung, alles in Ordnung«, flüsterte Frau Zienkann hartnäckig in das Zimmer hin. Sie lag mit ihrem strengen, sorgenvollen, törichten und angespannten Ausdruck da, und die Maschine arbeitete in ihr, während die Leere um ihr Herz zunahm.

Aber als diese Stunden vorbei waren, kam eine große Müdigkeit über sie, und sie dachte bei sich, daß sie nun ein wenig ausruhen dürfte. Sie ließ sich nicht los dabei, keineswegs. Sie hielt die Augen offen, weit aufgeschlagen und zur Decke gerichtet, und mit den Händen suchte sie ihre großen, unverläßlichen Gliedmaßen zusammen, die sich immer wieder von ihr entfernen wollten. Erst gegen Abend hatte sie alles eingesammelt und, wie ihr schien, ordentlich im Bette untergebracht; die Müdigkeit war größer geworden und die Qual ein wenig kleiner.
Der Doktor kam und betrachtete sie stumm. Sie war klar und merkte seine Anwesenheit wohl, aber sie kümmerte sich nicht um ihn.
In ihr war eine große Feindseligkeit gegen die Menschen, die ihr Bett umstanden und sie in etwas Wichtigem störten. Sie hatte jetzt die Hände geballt und wehrte sich, als man eine davon aufhob. Es war ihr so, als könnte sie Glocken läuten hören, aber es war zuviel Geräusch im Zimmer.
Der Doktor sah ihre geballten Hände an, fühlte den Puls und legte die Hand wieder zurück auf die Decke. Er beugte sich über ihre Augen, die zur Decke gerichtet waren, und nickte achtungsvoll mit dem Kopf.
»Die Krisis«, sagte er draußen zu Herrn Zienkann. »Der Puls läßt zu wünschen übrig; aber sonst hält sie sich brav –«
Man hatte ein Licht im Zimmer angezündet und grünes Papier davorgehängt. Davon sah die Decke, auf die Frau Zienkanns Augen gerichtet waren, grün aus. Es war ihr auch so, als ginge sie über Wiesen, aber sie ballte die Hände und hielt sich fest und sah wieder die Decke mit dem grünen Schein und den Reflex, den der Spiegel hinaufwarf. Sie lauschte angestrengt, denn es war ihr immer, als klängen irgendwo Glocken, die sie nicht hören konnte. Aber nach einer Zeit sah sie die Wiese wieder und hörte die Glocken ganz in der Ferne. Da wurde ihr besser, und auch die geballten Hände lösten sich.

Die Uhr im Nebenzimmer schlug siebenmal. Jemand rief nach ihr.

»Ja«, sagte sie und stand gehorsam auf. Sie zog sich die Strümpfe an und wollte hingehen und die Kinder wecken und das Wasser fürs Frühstück auf den Gasherd stellen.

Aber statt dessen kam sie an die Schlehdornhecke und ging den Weg hinunter, an dessen Ende Nino stand und sie rief.

5

Am fünften Tag wurde es leicht um sie. Nun war sie den Weg so weit gewandert, daß kein Ruf des Lebens sie mehr erreichte. Sie ging schwingend und ohne Müdigkeit, bis sie in ihre Kindheit kam.

Die Kindheit war ein Tal mit hohen, wunderbaren Bäumen, und Schatten und Helle wechselten über den Wiesen. Elisabeth war nackt. Ihre Sohle schmiegte sich an die Erde, die warm war, und Halme und Blumen wuchsen ihr sanft bis an die Brust. Der Himmel oben war groß, aber ganz nah. Sie ging und sang ein Lied, das keine Worte hatte, und immerfort geschahen ihr wunderbare Dinge. Sie pflückte Blumen. Sie schaute um sich, da war alles voll Blumen. Wo sie mit ihrer kleinen nackten Sohle hinrührte, da wuchsen Blumen aus dem Wiesengrund. Die Blumen hatten Namen. Sie hießen: Schwertlilie, Lichtnelke, Elfenhaar und Traubenhyazinthe. Sie hatten Gesichter, die hielten sie ihr entgegen und lächelten, wenn sie gepflückt wurden. Sie welkten ihr bald in ihrer warmen kleinen Hand. Da machte sie ein Bett aus Gras und legte sie hin. Da lächelten sie wieder und richteten sich bald auf und wuchsen wieder neu.

Auf einem Hügel standen Linden und blühten. Elisabeth setzte sich in ihren Schatten, der nach Honig duftete und mit Glockenstimmen klang. Dann kam ein goldener Regen herunter, der war aus Blütenstaub und Blütenblättern und verrieselte langsam. Sie lehnte den Kopf an den Lindenstamm, da fühlte sie, daß er warm war und sich sachte bewegte wie eine atmende Brust. Dann kamen die Lindenfrüchte herab, mit ihren kleinen goldenen Segeln trieben sie schräg zur Erde und legten sich schlafen. Elisabeth blieb ein Jahr lang unter dem Lindenbaum, aber es ging so schnell dahin wie ein Ton, der verklingt. Da waren die kleinen Früchte verschwunden, und der Baum blühte wieder. Sie kniete hin und grub mit ihren Kinderhänden in der Erde. Je tiefer sie kam, desto wärmer und weicher wurde es. Sie fand die Früchtchen wieder, die keimten alle und senkten Wurzeln hinab und trieben Blätter aus sich hinauf ans Licht. Aber als sie wieder hinschaute und in die warme Erde griff, da war es nicht Erde. Es war der Schoß der Mutter, auf dem ihre Hände lagen, der Schoß, in dem sie oft geweint hatte und eingeschlafen war. Sie streichelte den Schoß, aus dem Lindenbäume wuchsen, und ging leise davon, um die Mutter nicht zu wecken.

Im Wald sah sie die jungen Rehe, sie blickten sie groß an und liefen nicht davon. Am Waldrand fand sie Vogelnester mit kleinen blaßblauen Eiern. Ein goldener Vogel saß dabei und rollte einen ganz feinen hohen Ton und setzte sich auf ihre Schulter. Sie ging weiter, und als sie müde war, legte sie sich im Tal nah den Himbeerbüschen an den Bachrand und schaute hinauf. Die Wolken kamen über den Himmel zu ihr und trugen Fahnen und fuhren mit vielen weißen Segeln und ritten silberne Pferde. Sie griff mit dem Arm über sich hinauf und faßte eine kleine rote Abendwolke und zog sie zu sich herunter und deckte sich warm damit zu. So schlief sie lange. Als sie erwachte, dürstete sie sehr. Sie schaute um sich und fand, daß Morgentau in allen Blumen lag. Sie pflückte eine Blume und hob sie wie einen Becher zu ihrem Mund; doch als sie trinken wollte, vertrocknete der Tau, und die Blume flüsterte: »Du darfst nicht trinken.« Sie erschrak und ließ sie fallen. Sie ging zum Bach hinab und pflückte Himbeeren von den Büschen, eine Handvoll von großen, quellenden Himbeeren. Doch als sie die Hand zum Mund hob, waren sie vertrocknet. »Ich bin durstig«, klagte sie und weinte so leicht, wie Kinder weinen.

Sie suchte sich einen Weg zum Bach hinab, der im Talgrund floß. Die Steine am Ufer schmerzten an ihren nackten Sohlen, aber sie ging bis an den Rand und kniete hin und bückte sich und wollte trinken. Die Wasserfläche war glatt und still, und das Wasser hauchte ihr seinen kühlen Atem entgegen. Da sah sie im Wasserspiegel eine Frau, die ihr entgegenkam wie ein Spiegelbild.

Sie kannte die Frau, aber sie wußte nicht, wer es war. Es war eine ärmliche Frau, gar nicht jung und gar nicht schön. Sie hatte einen häßlichen Hut auf, und ihre enge Stirne war gekraust und ihr Mund zusammengezogen und kleinlich und versorgt. Die Frau sagte: »Du darfst nicht trinken.«

Da erschrak Elisabeth und sprang auf und lief davon. Sie sah ihre eigenen nackten Kindersohlen, die sie leicht davontrugen, und sie fühlte ihr helles, dichtes Haar um sich wehen. Sie griff an ihren Mund, der fühlte sich an wie eine glatte Frucht, und ihre Stirne, die war klein und glatt und wie ein Blatt, auf das die Sonne scheint.

Sie nahm ihren Weg am Bachrand entlang, das Wasser rann ihr entgegen, von den Bergen talab, und der Durst wuchs in ihrer Kehle.

Unter einer Weide war tiefer Schatten, und das Wasser sammelte sich schwarz und tief dort an und warf dem Himmel sein Bild entgegen. Da neigte sie sich wieder über die Fläche und wollte trinken. Doch als ihr Mund das Wasser berührte, sah sie tief unten am Grunde die Frau. »Du darfst nicht trinken«, rief sie leise. Und Elisabeth floh und lief weiter.

Der Weg ging bergan, immer am Wasser hin, sie hörte seine

Stimme. Sie hörte es wundersam sprechen und klingen und murmeln mit seiner geheimnisvollen Stimme, und ihr Durst wurde größer und größer, und ihre Sohlen ermüdeten.
Sie ging mit ihren brennenden kleinen Füßen in das Wasser hinein, es stieg kühl an ihr herauf und sie schritt immer tiefer hinein, bis es zu ihrem Mund wuchs. Sie preßte die Augen zu, um nichts zu sehen, und öffnete die Lippen. Aber sie hörte die Frau flüstern: »Du darfst nicht trinken.«
Sie lief davon; sie jagte bergan und taumelte und hatte Angst, und der Durst war groß. Der Bach wurde schmaler und stürzte ihr schneller entgegen und rauschte lauter. Aber sooft sie sich über ihn beugte, um zu trinken, sah sie durch die Wellen das Gesicht der armen Frau, die sie kannte, und hörte durch das Wasserbrausen hindurch die Stimme, die rief: »Du darfst nicht trinken.« Im Wasserfall war sie und auch im kleinen Rinnsal, das durch die Bergwiesen floß; in der schwarzen Wassertiefe war sie und dort, wo nur dünnes grünes Silber über Steine sprang. Elisabeth lief bergan und bergan, und der Bach kam ihr von der Höhe herunter entgegen und entgegen in ewigem Fließen. Ihr Durst wurde größer und größer, aber das Wasser wurde schmaler und schmaler, je höher sie vordrang.
Als aber der Durst nicht mehr zu ertragen war, da stand sie an der Quelle.
Wie sie die Quelle so dünn und zart und klar aus dem Felsen hervorrieseln sah, überkam sie eine mächtige Angst. Sie hielt ihre Hände unter das Nasse, und ihr wurde lind zumute. Sie neigte sich vor, aber sie sah die Frau nicht in der Quelle. Sie hörte nur ganz von weitem eine Stimme, die leise klagte: »Du darfst nicht trinken.« Da legte sie beide Hände auf ihre nackte Kinderbrust und faßte ihr Herz und fragte: »Warum darf ich nicht trinken?«
Die Stimme sagte: »Weil du verwandelt wirst.«
Sie fragte: »In was verwandelt?«

Doch die Stimme gab keine Antwort mehr.
Da kniete sie hin und trank von der Quelle.

6

Was ist es um das Leben dieser Frau Elisabeth Zienkann, was ist es um das Leben dieser braven, pflichttreuen und mittelmäßigen Frau, die in ihrem Bett liegt und nicht ungefährlich an Lungenentzündung erkrankt ist? Was ist es mit diesem Leben, daß sie so treu und schwer darum kämpft, warum weinen die Angehörigen, und weshalb bemüht sich der Arzt so sehr mit herzstärkenden Mitteln, mit Tropfen und Injektionen aller Art um dieses Leben?
Ach, alles in allem: Es lohnt nicht der Mühe. Es ist ein armseliges, dumpfes und glanzloses Leben gewesen, es hat ein paar vergessene Stunden Glück gehabt und schlich sonst immer in Enge und Stumpfheit dahin, laßt es zu Ende gehen, dieses Leben.
Was aber ist es mit dem Leben überhaupt? Welche Bewandtnis hat es mit diesem Da-Sein, mit diesem Eingesperrtsein in eine Form, mit diesem Zwang, zu handeln und zu leiden, was ist dieses Gehäuse, in dem ein edler und unberührbarer Kern gequält wird? Was nur ist es mit diesem Leben, mag es nun hoch oder niedrig, froh oder bekümmert, glanzvoll oder dunkel gelebt werden?
Laßt es sein. Es ist nur ein Irrtum, ein kurzer Aufenthalt im Unzulänglichen, ein Durchgang durch ein Gefängnis; Leben – das ist ein Hindernis, zu sein.
Sterben, das heißt einen Ausweg finden. Sterben ist das Höchste, das der Lebende erreichen kann.
Frau Zienkann stirbt; es ist nun kaum mehr ein Zweifel daran. Der Arzt prüft ihren Puls und läßt ihre Hand fallen und steckt die Uhr ein. Er bringt seine wohlgewaschene

Hand mit den weißen kurzen Nägeln in ihr Gesicht und öffnet den Spalt der Lider; das Auge liegt schon gebrochen darin und sieht ihn nicht. Aber sie lebt noch. Der Doktor gibt eine Kampferinjektion und empfiehlt sich. Frau Zienkann scheint zu lächeln. Ihr Gesicht ist schon ganz glatt geworden, sehr fremd, sehr jung, sehr leuchtend. Es ist der sechste Tag der Krankheit. Die Frau ist schon weit gelangt auf ihrem Weg. Sie ist lange gestiegen, und nun steht sie still und ruht und ist ein Apfelbaum. Sie wurzelt in der Erde und lebt, und ihre breite Krone ist voll von Blüten; wenn sie sich regt, fliegt rosigweißer Schaum von ihr zur Erde, aber das schmerzt nicht. Sie ist zufrieden und gestillt und blüht und trägt Früchte und schläft und blüht wieder. Neben ihr blüht ein Apfelbaum, das ist Nino, und wieder einer, das ist ihre Mutter, und die Früchte, die ins Gras fallen, sind ihre Kinder, Otto und Marianne.

Sie spürte sich nicht, aber sie war – und damit ging der ganze Tag dahin. Das Fieber stieg auf vierzig Grad, und der Puls ging schnell und kaum fühlbar.

Am letzten Tag aber ging die Frau über Stufen; im Morgengrauen war sie eine Sekunde wach und hörte die Uhr schlagen und sah das Zimmer. Da war sie kein Apfelbaum mehr und hatte keine Ruhe. Sie mußte über Stufen gehen, und immer über Stufen, und immer aufwärts, obwohl sie nicht mehr atmen konnte.

Es war Sonntag; das Wetter war gut geworden, und der Frühling begann nun wirklich. Herr Zienkann stand am Fenster und schaute hinaus, ohne etwas zu sehen. Was soll dann geschehen? dachte er; wer wird die Wirtschaft führen? Mein Gott, und die Kinder. – Er ging ins Nebenzimmer, wo die Kinder zusammengedrückt saßen und Angst in den Augen hatten. Marianne stand auf und begann den Tisch zu decken. »Ich mache schon alles in Ordnung, Vater«, sagte sie. Sie war ihrer Mutter sehr ähnlich. Sie ging in die Küche

und brachte flüsternd das Dienstmädchen in Bewegung, dann begoß sie die Blumentöpfe, die Frühlingskeime hervorstreckten. Dann setzte sie sich an das Bett der Mutter und wartete. Die Frau ging immer noch über die Stufen hinauf, immer über Stufen, immer über Stufen. Sie konnte noch immer die Glocke nicht hören. Als sie ganz oben war, legte sie sich hin und ruhte aus. Sie konnte auch wieder atmen.
Sie öffnete die Augen und sah das Zimmer klar und nahe. Zum Fenster kam die Sonne herein; im Schrankspiegel fing sich der Widerschein und wurde nochmals als heller zitternder Streifen an die Decke geworfen. Die Lampe pendelte, mit grünem Papier umhüllt, und eine einsame Fliege zog in Kreisen um sie herum. Marianne saß am Bett und starrte sie an. Frau Zienkann lächelte; sie glaubte Marianne zu streicheln, aber sie tat es nicht. Ihre Hand war schon gestorben und kam nicht von der Bettdecke hoch.
»Erkennst du mich denn, Mutter?« flüsterte Marianne in ihre Augen hin, die noch einmal aufgewacht waren.
»Hab keine Angst«, sagte die Frau; »es ist ganz leicht. Es wird alles gut.« Aber das sagte sie nur innen. Marianne hörte nichts davon. Dann sanken ihre Augen wieder. Viel später klingelte es draußen. »Die Glocke –«, flüsterte Frau Zienkann mit äußerster Anstrengung. Marianne schlich auf den Zehen hinaus und sah nach, wer geläutet hatte.
Draußen standen zwei handfeste und schwitzende Männer, welche den gekauften Schrank brachten. Sie waren vergnügt, und ihre Bärte rochen nach Bier. Sie öffneten beide Flügel der Flurtüre und waren höchst geschäftig. Sie schnallten Traggurten um und kommandierten ho und ruck und rechts und links und lavierten mit dem Schrank durch den Flur. Sie tappten mit schweren Stiefeln dahin und kamen in Mariannens Zimmer und maßen die Wände aus und schoben und tauchten an und postierten den Schrank und standen da und waren so gehobener Meinung, als hätten sie das wichtigste

Geschäft der Welt vollbracht. Nachher streckten sie große rote Trinkgeldhände aus und wurden unvermittelt grob, als Herr Zienkann eine allzu kleine Münze in die allzu große Fläche legte. Als die Männer abgezogen waren, stand die Familie Zienkann noch eine Weile vor dem Schrank und sah ihn an. Sie alle hatten zwar verweinte und geängstigte Augen, aber das Ereignis war wichtig und nahm für Minuten von ihnen Besitz. »Ein schöner Schrank«, sagte Herr Zienkann. Marianne lobte ihn. »Und gar nicht teuer.« Das Dienstmädchen sogar holte ein Tuch und wischte seine abgeschundenen lackierten Flächen blank.

Als die Glocke geklungen hatte, war Frau Zienkann aufgestanden und noch ein paar Stufen höher gestiegen. Dann konnte sie nicht weiter, sie war ganz auf der Höhe, und sie hörte auf zu atmen.

Es geschah ihr dies: Die Glocke läutete: Erst nur einmal, und ihr Ton verklang zitternd. Dann läutete sie wieder und dann immerfort. Der Klang wurde stärker, er wuchs an, wuchs an, wuchs noch immer an. Der Klang vibrierte, es war ein großes Glockenschlagen, und jeder Ton warf Wellen aus sich heraus, die Wellen zitterten und klangen und zogen Kreise, die immer größer wurden.

Als die erste Welle so groß war, daß sie die Brust der Frau berührte, kam eine große Angst und wich gleich wieder. Die zweite Welle zog schon über sie fort, das Dröhnen wuchs noch immer. Dann trieb sie schon inmitten der klingenden Wellen, dann wurde sie selbst geschwungen, dann wurde das Dröhnen und das Schwingen und das Glockenklingen und das Wellenschlagen unerträglich groß. Dann war sie bis in die Mitte des Klanges und des Kreises gespült.

Dann geschah etwas unbeschreiblich Lösendes und Seliges.

Und dann war sie selbst nur mehr ein Klang, eine Schwingung, ein Kreis in den tausend Kreisen, eine Welle in den Millionen Wellen der Unendlichkeit.

Jape im Warenhaus

Der Gegenstand, an dem das dumpfe Wesen und Bewußtsein des siebzehnjährigen Jape Flunt sich entzündete, war eine bunte, seidene Krawatte und lag im Schaufenster eines Warenhauses. Der ziemlich lauten Mode des Jahres zufolge war diese Krawatte sehr glänzend, in vielen Farben gestreift und überdies mit einem Muster goldfarbiger Pünktchen überstreut. Man hatte den witzigen Einfall gehabt, diese Krawatte nicht als Einzelerscheinung vor die Augen des Publikums zu bringen, vielmehr entquoll sie zu Hunderten einem vergoldeten Füllhorn aus Pappe, rann als Seidenfluß, als Strom durch die ganze Breite des Schaufensters und staute sich hinter der Spiegelscheibe zu bunten und glänzenden Hügeln. Jape Flunt erlebte seinen Zusammenstoß mit dieser Krawatte an einem Samstagabend, als er seinen Weg durch die Hauptstraße nahm, um einer Kundschaft ein Paar geriesterte und geflickte Arbeitsstiefel zuzustellen. Daß dieses Schaufenster mit seinem Überfluß an Glanz und Buntheit den jungen Flunt so heftig zu erschüttern vermochte, ist letzten Endes nicht verwunderlich; denn Jape Flunts Leben war bis dahin durchaus auf grauen und trüben Wegen hingelaufen, und daß es Farben in der Welt gab, entdeckte er an diesem Abend zum erstenmal.

Jape Flunt war in einem Keller geboren und in einem Hinterhof aufgewachsen. Er war ein Kind mit einem großen Kopf und rachitischen Beinen gewesen und spielte viel mit Kindern, die ebensolche Köpfe und Beine besaßen und in der Mehrzahl seine Onkel und Tanten waren. Denn Japes siebzehnjährige, uneheliche Mutter hatte ihn auf eine sozusagen eilige und wenig ehrenvolle Weise geboren, und er wuchs geduldet zwischen den Kindern seiner Großeltern

auf; als er drei Jahre alt war, erhielt er noch eine neue kleine Tante, und diesem nachgeborenen Wesen, das noch hilfloser und schutzbedürftiger war als er selbst, hing er mit inniger Liebe an.
Aus seinem Keller wanderte er in die Schule, ein abstoßendes und rußgraues Gebäude; er saß dort ein paar Jahre hindurch mit schwerem Kopf, begriff wenig, und als er sie verließ, hatte sich ihm nur ein getrübtes und verwischtes Bild der notwendigsten Kenntnisse eingeprägt. Sodann wurde Jape in einen anderen Keller getan, genoß die Aussicht auf einen anderen Hinterhof und war Schuhmacherlehrling. Als solcher arbeitete er viel, aß wenig und bekam gar keinen Lohn. Doch war sein Leben nicht ohne Lichtblicke. Am Sonntag etwa wusch er seine verpichten Hände mit Scheuersand, bürstete seinen guten Anzug, seinen Konfirmationsanzug, und ging mit behaglichen Gefühlen durch die Armutsgassen seines Viertels zum Flusse hin. Am Fluß traf er Magda, seine dreizehnjährige Tante, und sie legten sich steif nebeneinander hin in das vermagerte Gras der Flußböschung. Da gab es Boote, Segel, Schleppdampfer. Ein Hund sprang in den Fluß und apportierte. Ein Angler brachte einen erbarmungswürdigen Weißfisch aus dem Wasser. Am Heimweg traf man vielleicht auf Licht und Orgelgekreisch, ein Karussell hatte sich etabliert, oder Luftschaukeln schwangen sich hoch in die neblige Abendluft. Es kam vor, daß Jape zwei Groschen zutage förderte – denn es gab spendable Kunden, die dem Lehrjungen Trinkgeld verabreichten – und daß er mit Magda sich dem Vergnügen hingab. Nachher war ihnen ein wenig übel und heiß, und etwas dumpf Bedrängendes und Halbverstandenes rumorte in ihren Gliedern. »Später heirate ich dich, sollst sehen«, pflegte Jape Flunt dann zu sagen. Und dieses Später hatte etwas wie Schimmer oder Glanz oder Farbe ...
Dieser Schimmer war es, dieser Glanz und diese Farbe, die

Jape in der wirklichen Welt zum erstenmal erblickte, als ihn sein Weg an dem Schaufenster des Warenhauses vorbeiführte. Er fraß den neuen Anblick und das neue Gefühl in sich hinein und nahm es mit nach Hause. Noch im Traum umklammerte sein Bewußtsein das Füllhorn aus goldener Pappe, dem die bunten Krawatten entströmten.
Von da an hatte Jape Flunt etwas, woran er denken konnte, wenn er hinter der Schusterkugel hockte, wenn er den Keller säuberte, wenn er in seinem Verschlag einschlief und wenn er im Morgendämmern erwachte. Auch entlief er abends dem Hinterhof, rannte der Hauptstraße zu und bohrte sich durch viele flanierende Menschen hin bis zu dem Warenhaus. Aber da hatte man neidische Rollbalken vor die Herrlichkeit gesenkt. Der Traum brachte Ersatz. Im Traum fuhr ein großer Möbelwagen in den Hinterhof, und als er sich öffnete, rannen Krawatten daraus hervor. Sie waren bunt und glänzend und flüssig. Jape ging hin und badete sich darin, und das war warm und wunderlich süß und verlokkend.
Am Sonntag wanderte Jape Flunt nicht zum Fluß hinunter; er ließ Magda allein an der Böschung liegen, obwohl Magda mit den Krawatten in seinen Gedanken auf eine dunkle und unerklärliche Weise verbunden war. Er trabte zur Hauptstraße, er kam vor das Warenhaus, der Rollbalken war diesmal nicht heruntergesenkt, mehr noch, man hatte Lichter im Schaufenster entzündet, damit die sonntäglichen Straßengänger angelockt und erfreut würden. Wieder stand Jape lange und versunken vor diesem Schaufenster; er atmete selten und vorsichtig und rieb mit seinen verdorbenen Fingern an seiner Mütze hin und her. Diesmal brachte sein schwerfälliges Gehirn einen Gedanken mit nach Hause in die Kellerwerkstatt.
Haben – so hieß dieser neue und große Gedanke. Jape Flunt, der siebzehnjährige, besitzlose Schusterlehrling, wollte eine

solche Krawatte haben, und dies war nun ein Ziel und ein Weg für ihn. Er begann zu verdienen, gleich, als wenn der harte Wunsch nach Geld das Geld anzuziehen vermocht hätte. Er bekam in der nächsten Woche dreimal einen Groschen Trinkgeld. Magda, welche ihn eines Abends aufsuchte, fand sich bereit, ihm zwei weitere Groschen leihweise zu überlassen. Das Kapital wuchs! Mit geänderten, mehr ins Wirkliche gerückten Empfindungen näherte sich Jape an einem Spätnachmittag, von einer Kundschaft heimkehrend, dem Warenhaus. Da waren die Krawatten weg.

Jape starrte in die Auslage hinein und begriff nicht. Da lagen nun andere Dinge, unfarbige Dinge, ohne jeden Schimmer. Man hatte graue Wolldecken aufeinandergestapelt, das Stück zu zwei Mark achtzig, häßliche und elende Decken, wie Jape sie von seinem eigenen Bett her kannte. Überdies war das Schaufenster umrahmt mit einer Girlande grauer, kratziger Wollsocken, und das sah unerfreulich und trübselig im höchsten Grade aus. Als Jape sich mit ganz verlöschtem Gefühl von dem Schaufenster abwandte, leuchteten gerade die elektrischen Lichter auf. Sie bestrahlten die andern Schaufenster, welche Jape kaum beachtet hatte. Nun stürzten sie mit ihrem Wirbel von Dingen, Farben, Begriffen über ihn her.

›Was gibt es alles?‹ dachte Jape, und dabei begannen seine Lippen zu zittern, ohne daß er es wollte. Ihm wurde zumute wie manchmal bei der kreisenden Karussellfahrt, wo alles huscht und jagt und nicht zu fassen ist. Doch haftete endlich ein Anblick in ihm, und der war solcher Art:

Auf unbeschreiblichen Möbeln aus Seide und mit goldenen Beinen saßen Frauengeschöpfe, die schöner aussahen als wirkliche Frauen, die stärker lächelten und mit leuchtenderen Augen, deren Haar glänzte, deren Haut schimmerte und die dennoch nicht lebendig waren, was den unerfahrenen Jape unheimlich anmutete. Hinter diesen Frauen, über ihre

Schultern gebeugt und scheinbar im Gespräch mit ihnen, standen Herren, feine Herren mit roten Wangen und seidenen Schnurrbärtchen. Auch die Herren lächelten verbindlich; der hübscheste von ihnen hielt einen Rosenstrauß in der Hand, und auf seinem Vorhemdchen erblickte Jape mit einem süßen und heftigen Erschrecken: die Krawatte.

Diesmal stand Jape so lange vor dem Warenhaus, bis man die Rollbalken herabließ. Er hatte einen freien Abend und begab sich zu Magda, die als Kindermädchen bei einer jüdischen Familie diente. Er saß dort längere Zeit auf der Kohlenkiste, starrte Magda an und schwieg. Er hätte gerne gesprochen, sich von seinem Eindruck erlöst, sich mitgeteilt und befreit, aber das ging nun eben nicht. Er sagte einmal: »Später werde ich dir auch seidene Kleider kaufen.« Wozu Magda lachte und ein Gesicht zog, weil das »auch« sie verwunderte. Jape beugte sich über ihre Schulter und lächelte so, wie er es von dem hübschen wächsernen Herrn gesehen hatte.

»Ich habe fünfzig Pfennige«, sagte Jape. »Wenn ich 'ne Mark hab', will ich mir 'ne Krawatte kaufen«, sagte er. Er hielt seine schwarzen Schusterhände zierlich vor sich, als trüge er einen Rosenstrauß. Er wurde der junge Mann aus dem Schaufenster, er spürte sich selbst, er fühlte schon die Krawatte auf seiner Brust. Magda sah ihn an und zeigte auf ihre Stirne.

»Plem Plem«, sagte sie einfach.

Als Jape so weit war, daß er nach einigen Wochen mit seiner zusammengesparten, zusammengeborgten, zusammengebettelten, zusammengekratzten Mark ausging, um die Krawatte zu kaufen, erlitt er einen großen Zusammenbruch. Die Krawatte kostete sechs Mark und damit fertig. Eine schnippische junge Verkäuferin mit Stirnlöckchen gab diese Auskunft und brach die Verhandlungen mit dem verwirrten, insolventen Jape Flunt kurzerhand ab, als er stotternd seine Vermögensumstände kundgab. Man hatte auch billigere

Krawatten, gewiß, es gab sogar solche um den geringen Betrag von einer Mark. Sie hingen an einem Gestell, das karussellartig vor Jape herumgedreht wurde und ihn schwindlig machte. Es waren armselige Krawatten ohne Glanz und Farbe, nichts von dem Unsagbaren, Verheißungsvollen, das Jape mit dämonischen Kräften an jene Eine, Auserwählte verhaftete. Jene eine, zuerst erblickte Krawatte hatte Jape Flunt erlebt, so wäre es vielleicht auszudrücken, und alle anderen blieben ihm gleichgültig. Als er das Warenhaus verließ, hatte er geballte Fäuste wie ein Mann und tränenblinde Augen wie ein Kind. Er ging heim in seinen Keller, in seinen Verschlag und träumte.

Was träumt dieser Jape Flunt in den nächsten Wochen, was brütet sein großer, entarteter und schwerfälliger Kopf für Dinge, während er hinter der Schusterkugel sitzt, was macht den Burschen so flackernd und ungleich, finster in einer Stunde und übermütig in der andern? Wovon faselt er in ungeformten Worten, wenn er abends bei Magda auf der Kohlenkiste hockt, und wie sind seine Gedanken, wenn er vor dem Schaufenster seine Zeit vertut und das Bild des hübschen jungen Wachsmannes so brennend in sich hineinfrißt? Es ist ja nun so weit, daß Jape die Krawatte haben muß. Sonntags wird er sie tragen und dadurch völlig jenem blendenden Herrn aus dem Schaufenster gleichschauen. Er wird, hat er nur erst die Krawatte, Magda für sich erobern, allen Weibern gefallen, große Abenteuer erleben und ein bedeutender Mann sein. Ein Plan ist plötzlich da, reif, unaufhaltsam nach Verwirklichung verlangend.

Der Plan war einfach, großzügig und geradlinig. Man ging nachmittags, nach Feierabend, in das Warenhaus, versteckte sich hinter einem der Warenstapel – Jape hatte schon einen geeigneten Platz dazu ausersehen – und ließ sich unbemerkt dort einschließen. Nachts kam man hervor, brachte die Kra-

watte an sich, und alles war in Ordnung. Man brauchte nur versteckt den Morgen abzuwarten und das Warenhaus unbemerkt zu verlassen, wenn Käufer seine Räume füllten.
Weil alles hundertmal bedacht und jedes Hindernis vorausgesehen war, ging am Tage der Ausführung alles erstaunlich glatt und leicht. Auch beschritt Jape Flunt nicht ohne Vorbereitung den Pfad des Abenteuers. Er hatte sich in den letzten Tagen, der Übung und besseren Kenntnis halber, des öfteren in das Warenhaus begeben und wußte, wie es zu geschehen hatte. Und nun also ging Jape Flunt hin, betrat das Warenhaus gegen Abend, tauchte im Gewühl der Kaufenden unter, verbarg sich hinter einem Stapel hoher, zusammengerollter Teppiche, wartete, bis die Verkaufszeit vorbei war, und ließ sich in das geleerte Warenhaus einschließen.
Da steht nun Jape Flunt verborgen in seiner halbdunklen Höhle aus aufgerollten Teppichen, die wie Pfeiler drei und vier Meter hoch um ihn emporwachsen. Er steht ein wenig beengt, die Hände hat er in die Taschen versenkt, die Rechte umfaßt eine Radfahrlaterne, und in der Linken hält er seine Abendmahlzeit, eine Scheibe Brot mit Leberwurst, in Zeitungspapier eingeschlagen: denn so vorsorglich hat Jape Flunt sich für die Nacht im Warenhaus vorgesehen und ausstaffiert. Die entschlafenden Geräusche des Warenhauses, das sich leert, dringen nur undeutlich zu ihm. Sein linkes Ohr, von Geburt schwerhörig, ist heute überdies durch eine besondere Art von Dumpfheit benommen. Dem jungen Jape Flunt wächst ein Weisheitszahn, der sich unter argen Schmerzen und Entzündungserscheinungen aus dem degenerierten Kiefer emporbohrt. Die Backe ist heiß, im Ohr saust ein übertriebener Pulsschlag seinen Takt. Manchmal reibt Jape sein Gesicht an der kühlen, rauhen Hinterseite der Teppiche. Manchmal scheuert er mit der Zunge über die schmerzhafte Stelle hin. Es riecht nach Jute, nach Wolle, nach Staub in Japes Versteck. Hoch oben brennt eine Bogen-

lampe über ihm und erlischt später. Klingeln kreischen ihr Schlußzeichen und werden stumm. Noch laufen Stimmen durch das Warenhaus, Tritte rennen über Treppen, Lifts kommen mit einem kleinen Pfeifen aus dem obersten Geschoß, über dem Jape ein Stück der Glasdecke zu sehen vermag, welche den Mittelraum überdacht. Klopfen, Rufen, Donner von herabrollenden Schaufenstern, zufallende Türen. Endlich Stille. Vollkommene Stille in dem geleerten Haus.

Jape Flunt traute der Stille nicht. Er wartete noch darauf, daß es vollends dunkel gemacht würde. Vorläufig hing noch ein halber Lichtschein in dem ungewiß hohen Raum seiner Höhle. Jape gab sich ans Warten. Er richtete sich auf längere Dauer ein, hockte sich auf seine Fersen und holte sein Brot hervor, um es mit der Miene eines geduldigen Tieres in sich hineinzukauen, behindert durch den Weisheitszahn. Später, viel später, hört er mit dem gesunden Ohr, daß es draußen in der Stadt neun Uhr vom Rathausturm schlägt. Neun Uhr abends. Kein Zweifel, das Warenhaus ist längst geschlossen, geleert, vereinsamt. Zwecklos, noch länger auf völlige Dunkelheit zu warten; es ist später Abend, Jape allein mit dem Gegenstand seiner Wünsche im großen Haus. Das Abenteuer kann beginnen.

Witternd und sichernd wie ein Tier kroch Jape aus seiner Höhle hervor. Er fühlte seine Glieder ein wenig steif und verbogen, und seine Augen waren ihm schwer und unzuverlässig geworden. Es liefen Streifen, Kreise, Wellen an ihm vorbei, die er erstaunt anstarrte wie etwas Wirkliches. Aber das verging schnell, indes er dastand und sich zurechtzufinden suchte. Einen Augenblick lang erschrak er tief, weil ihm alles so fremd und unheimlich erschien und ihm so war, als hätte er sich verirrt, ohne Hoffnung auf cin Zurechtfinden in dem großen, verworrenen Halbdunkel. Er faßte hastig nach Streichhölzern in seine Tasche und entzündete die Radfahrlaterne. Sie warf ihren weißen Kegel hart vor sich hin. Davon – so schien es Jape – wurde es noch stiller in der Stille, und das Licht trennte ihn klein und einsam von dem großen Raum. Er hielt sich an der Laterne fest und überlegte.

Das Halbdunkel, so fand er zunächst, kam aus den Wänden selbst. Da waren Türen, und neben jeder Türe war eine kleine Scheibe aus mattem Glas, hinter welcher viereckiges Licht hervordrang. Eine spärliche Notbeleuchtung, Nachtbeleuchtung: Eine Einrichtung ohne erkenntlichen Zweck oder Sinn. Er befand sich im Teppichlager, im zweiten Geschoß. Die Krawatte war unten zu finden, in der Herrenmode-Abteilung, dicht neben der großen Drehtüre des Haupteingangs. Jape folgte dem kleinen Lichtkegel seiner Laterne und fand sich zu der breiten Treppe, welche in zwei Biegungen von Geschoß zu Geschoß führte. In der Folge, wie das Licht der Laterne sie aus dem Halbdunkel herausholte, kamen Verkaufsgegenstände auf ihn zu und glitten hinter ihm wieder in Schatten. Doch faßte er nichts auf von dem, was er sah. Sein Wille ging dem Wunder der Krawatte entgegen.

In der Herrenmode-Abteilung herrschte eine überraschende nächtliche Ordnung. Über Verkaufstische und ausgelegte Gegenstände waren weiße Papierbogen gebreitet; die kleinen Trittleitern standen in Reih und Glied. Ein Spiegel empfing den Strahl der Laterne, blitzte auf wie ein Reflektor und machte sich gleich wieder unsichtbar. Jape Flunt ging schnurgerade und gut unterrichtet auf die Schublade zu, in der er die teuren Krawatten, die Krawatten zu sechs Mark, wußte. Er nahm die Laterne in die linke und wischte die rechte Hand nochmals an seiner Hose ab, bevor er versuchte, ob die Lade offen war. Denn nun geschah es dennoch, daß sein Herz heftig klopfte, und seine eben abgewischte Hand bedeckte sich sofort wieder mit einem kühlen, dünnen Schweiß.

Die Lade war nicht verschlossen, sie glitt mit bemerkenswerter Leichtigkeit wie auf Schienen auseinander.
Da lagen die Krawatten.
Jape ließ seine Hand, die ihm plötzlich schwer wurde, zwischen die seidenen Dinger fallen. Ein kleiner Schauer erhob sich in seinem Genick, so, als würden seine Haare aufgestellt. Magdas Hand, liebkosend in seinem Nacken, pflegte ihm manchmal dieses Gefühl einer schaurigen Annehmlichkeit zu vermitteln – wovor er sich ängstigte. So also war es, wenn man Seide angriff. Junge, Junge – er preßte die Zunge gegen die Zähne.
Gleich darauf hatte er die Krawatte, seine Krawatte, erfaßt, er hielt sie vorsichtig, etwa so wie eine gefangene Kreuzotter. Er stellte die Laterne vollends beiseite und versuchte, sich die Krawatte umzuknoten, was nur ungenügend gelang. Da Jape am Alltag nicht im Besitz eines Kragens war, fühlte er die Seide, weich und knisternd an seinem nackten, etwas unsauberen Hals, und ein paar Minuten lang stand er ganz steif da und überließ sich diesem sonderbaren und unbekannten Gefühl. ›Der Spiegel –!‹ dachte er sodann, nahm die Laterne auf und ging dicht an das Glas heran, in dem, grell beleuchtet, sein großer Kopf erschien.
Die Krawatte war schön, kein Zweifel, sie war großartig, sie glänzte, sie warf kleine Lichter aus sich, ihre Farben spielten. Auch kleidete sie Jape vorzüglich, sein Kopf schaute unerwartet vornehm und erwachsen aus. Und wenn man erst einen Kragen dazu trug …
Jape seufzte. Er wußte nicht, was ihm war. Er kannte die Enttäuschung noch nicht. Er kannte noch nicht dieses kleine, kalte, schleichende Gefühl, diesen winzigen, innerlichen Einsturz im Moment des Besitzens, der erfüllten Sehnsucht …
Ein Kragen also fehlte. Jape blickte sich hastig um, als stünde plötzlich jemand hinter ihm. Die Krawatte besaß er nun, sie

war sein Eigentum. Es blieb nichts zu tun, als sich wieder in die Teppichhöhle zu begeben und den Morgen abzuwarten. Jape schob die geöffnete Krawattenlade zu, nichts war zu bemerken. Er nahm seine Laterne auf, die blinzelte. Ein Kragen fehlte noch –

Jape hielt eine Sekunde lang Zwiesprache mit einer dumpfen Stimme in sich selbst. Dann stellte er die Laterne wieder hin. Er trocknete erneut seine schweißfeuchten Hände, die nun ein wenig zu zittern begonnen hatten, und begab sich daran, einen Kragen zu suchen. In seinem Ohr sauste es stärker. Es war, als würden irgendwo Teppiche geklopft. Das Licht brannte unstet, blinzelnd, beinahe unverschämt. Jape, hastiger werdend, zog Laden auf, eine Schublade neben der andern, und als er sah, was es hier gab, begann er verwundert und unwissend zu lächeln.

›Kolossal, was es alles gibt –‹, dachte er, und etwas später sagte er es auch ganz laut, wobei er heftig über seine deutliche, einsame Stimme erschrak. Es begann mit Dingen, die verhältnismäßig einfach und unscheinbar waren. Kragenknöpfe, Strumpfhalter, Hosenträger. Dann kam es besser. Schals quollen aus den geöffneten Laden, Binden, Krawatten, immer mehr glatte, seidene ungekannte Dinge. Jape holte ein Trittleiterchen heran und untersuchte die obersten Laden. Ja, hier waren Kragen, Kragen ohne Zahl, steife und weiche, schmiegsame, hohe und niedrige, weite und enge, alle von einer neuen, fast blauen Weiße. Jape entfiel ein Bündel, und als er es aufhob, war dieses Weiße beschmutzt, er rieb mit dem Handballen darüber hin. Davon wurden die Kragen noch schmutziger. Er warf sie zurück in die Schublade. Einige, die ihm schön und passend erschienen, legte er für sich auf die Theke hin. Weiter. Da waren Strümpfe, Socken, dünn, zart, gemustert. Jape lachte laut aus sich heraus. Socken aus Seide – die Menschheit war wohl verrückt! Immerhin: er warf ein Bündel davon auf den Tisch. Unterwäsche, nilgrün, zartlila –, ›Junge, Junge, was es für Dinge gibt!‹ sagte Jape und bohrte seine rissigen Daumen in das Gewebe, das nachgab wie zartes, warmes Fleisch, Hemden – Jape hob sie mit beiden Händen heraus und warf sie auf den Tisch – Hemden; kühl, aus dünnem Leinen, aus Batist, aus Seide, Mensch, wahrhaftig, da trugen sie Hemden aus Seide! Gestreift, gemustert, gepunktet, kariert. Ein Berg von Hemden lag vor Jape, welcher in einer seltsamen Benommenheit zu murmeln begonnen hatte. Die Dinge bemächtigten sich seiner, die unbekannten, unbesessenen, luxuriösen Dinge, von denen ihn sonst eine Spiegelscheibe trennte.

Weg mit der geflickten Hose, dem schmutzigen Sweater, dem verschwitzten Wollhemd! Und dann dieses weiche, kühle, saubere Rieseln von neuer, seidener Wäsche an der Haut. Es wurde Jape beinahe übel, so stark war die Lust. Wieder liefen Schauer über ihn hin. Er fror, er wurde schwach, seine Beine, diese rachitischen, etwas nach außen gebogenen Beine zitterten jetzt, als er im Hemd, mit Kragen und Krawatte, wieder vor dem Spiegel landete. Die nächtliche Ordnung der Herrenmode-Abteilung war zerstört und nicht wieder herzustellen, das sah er, als er mit einem kurzen und gehetzten Blick vom Spiegel fort und um sich schaute. Die Dinge waren aus den Laden gestiegen wie unheimliche und selbsttätige Wesen; sie hatten sich über Tische und Schränke ausgebreitet, sie waren zu Boden gefallen, in Winkel gekrochen, sie hatten sich entfaltet, zerknittert, beschmutzt und in heillose Verwirrung gebracht. Jape, mit einem schwachen Versuch, zu retten, tauchte seine Hände zwischen die aufgequollenen Mengen, stopfte sie in die Laden zurück, so gut es gehen wollte, und ergriff die Flucht, als hätte er Tiere in schlecht schließenden Käfigen verwahrt.

Die nächsten Minuten waren erfüllt mit Schrecknissen. Hinter einem Pfeiler hervor trat ein Herr mit strengem Gesicht und wartete steif und unbewegt auf Jape. Eine Ewigkeit standen sie einander gegenüber und starrten sich gläsern an. Jape war der Mutigere – er näherte sich dem Herrn. Der Herr war aus Wachs. Jape schrie erlöst ein Lachen aus sich heraus. Gleich darauf flatterte etwas Weißes gespensterhaft heran. Es drohte, es schwang Fäuste in der Luft, hatte Löcher statt Augen. Dann war es, von einem entfernten Spiegel hergeworfen, Japes aufgelöstes Bild. Jape mußte sich, erschöpft und ausgehöhlt, auf die Erde setzen und sich erholen.

Immerhin. Der wächserne Herr stand einladend am Eingang zur Herren-Konfektions-Abteilung. Jape, dem Angst und Schrecken die letzte Bewußtheit, die letzte Hemmung weggerissen hatte, war nicht mehr schüchtern. Er wühlte sich zwischen die Anzüge, die hinter grünen Vorhängen in Reih und Glied hingen. Er zerrte Kleidungsstücke von den Bügeln, warf beiseite, was ihm mißfiel und traf seine Wahl. Er atmete jetzt heftig und laut, wie bei einer schweren Arbeit. Anzug, Mantel Hut, Regenschirm! Die schmutzigen, abgelegten Sachen packte er in ein Bündel und legte sie beiseite. Als das glänzende Abbild des wächsernen Herrn verließ er die Abteilung. Aber er kehrte nochmals zurück und holte die Streichhölzer und den Rest seines Abendbrotes aus seiner alten Hose hervor. Die Laterne warf weiße, zuckende Kreise, wie betrunken war das Licht in seiner Hand. Er setzte sich zur Erholung auf eine Treppenstufe und versuchte zu essen. Der anrüchige Geschmack der billigen, übersalzenen Leberwurst widerte ihn plötzlich an. Feine Herren aßen solches Dreckzeug nicht. Was aber aßen feine Herren denn?

Jape verlor sich ein wenig in Träumereien. Seine Gedanken wucherten ungewiß und formten sich nicht. Seine Ansprüche waren gewachsen, das fühlte er, ohne es zu verstehen. Er erhob sich, den Regenschirm unter den Arm gepreßt, und begab sich im Schlenderschritt in die erste Etage. Er war fast noch ein Kind, dieser siebzehnjährige Jape Flunt mit seinem Weisheitszahn und seiner Diebslaterne, und nun spielte er ›Einkaufen‹. Bei einem großen Obelisken aus Schokolade, der rein nur zu Spaß und Dekoration da aufgebaut war, kaufte er einige Tafeln, er stopfte eine davon gierig in den Mund. Der neue Zahn schmerzte höllisch, während er sich den Mund mit dieser schmelzenden Süßigkeit füllte; er schmerzte so, daß Jape Tränen in die Augen bekam. Das machte ihn wild. Er riß die weißen Papierbogen von den nächstliegenden Verkaufstischen. Sieh einer an! Da waren Ledertaschen. Jape klemmte nach kurzer Wahl eine davon unter den Arm, für Magda. Weiter, um die Ecke, verfing er sich in einer Abteilung, voll mit unsinnigem, weiberhaftem Firlefanz, Bändern, Spitzen, Sächelchen, deren Namen man nicht wußte. Er riß ein paar Hände voll davon an sich und in seine Taschen, eine Bandrolle wickelte sich um seine Füße, er stolperte Stufen hinunter. Unten war er mitten in eine Schatzkammer gefallen, zwischen Gold, Brillanten Steine, Uhren, unbeschreibliche Kostbarkeiten, wie der gutgläubige Jape – unbekannt mit den glitzernden Erzeugnissen der Galanteriewarenbranche – vermeinte. Er hatte jetzt Fieber. Er keuchte jetzt. Er riß sich an Ketten, stach sich an Nadeln, kratzte sich die Handrücken blutig, brach sich die Nägel ab. Magdas Tasche gefüllt bis oben hin, daß sie dick und schwer wurde und fast lebendig wie ein trächtiges Tier. ›Was se alles haben!‹

Aber wie geschah es ihm, als er in die Lebensmittel-Abteilung gelangte? Wieviel Jahre des Hungerns brachen aus ihm heraus, als er mit nachgebenden Knien dastand, mitten im Schlaraffenland, umringt von Würsten, Schinken, Früchten aller Art. Die Leckerbissen sauber unter Glasstürzen, die Dosen aufgetürmt, die Flaschen übereinander hinkletternd, und hinter dem weißen Lichtkegel weite halbdunkle Perspektiven, angefüllt mit Keksschachteln und Zuckerhüten

und Bismarckheringen, Dinge, über welche hinaus sich Japes Fantasie nichts vorzustellen vermochte.
Jape begann hier seine Eroberungen mit einem Raffinement, und das war unklug. Er fraß nicht sofort alles in sich hinein, wie eine drängende Regung es heftig in ihm verlangte. Er schob zwischen sich und die Dinge den Genuß des Wartens. Er stand so steif inmitten der Fülle, wie er steif neben Magda im Gras zu liegen pflegte, bedrängt und dennoch abwartend. Und das erste, wonach er griff, war nicht der Lachsschinken, auch nicht das köstlich gelbe Büschel von Bananen, das sich als heftige Verlockung ihm anbot. Nein, Jape Flunt, dieser anspruchsvoll gewordene junge Mann, Besitzer einer unbeschreiblich schönen Krawatte und Entdecker ungeahnter Lebensbezirke, dieser Jape Flunt griff zuerst nach einer Flasche und öffnete sie murmelnd mit seinem Taschenmesser, während ihm der Speichel heiß im Munde zusammenlief und der Zahn brannte und ganz selbständig zu dürsten schien und das Ohr sauste und klopfte und er alles in allem in einem Meer von siedenden Ängsten, Freuden und Bewußtlosigkeiten nah am Untergehen war. Was die Flasche enthalten sollte, das wußte Jape nicht – Malaga Gold stand darauf – und dieses »Gold« vor allem war ein Wort voll Verheißung, Zauberei und suggestiver Kraft.
Als Jape die Flasche geleert hatte, als er diesen brennenden und süßen Wein in sich hineingeschüttet hatte, der den Durst nicht löschte, den Weisheitszahn nicht kühlte und den Kopf nicht klarer machte, da war er zu allerhand Dingen aufgelegt. Zuerst kam das schlechthin Tierische und Einfache in ihm hoch. Er grinste und fraß; er stopfte ungeordnet Eßbares in sich hinein, süß, sauer, gesalzen, geräuchert, Fettes und Trockenes, Gebackenes und Rohes, wie es eben kam, und alles schmeckte ihm herrlich auf eine kannibalenhafte Weise. Dann, noch immer grinsend und schluckend, schritt er zu weiteren Vergnügungen. Er tappte unter großen

Mühsalen eine Treppe empor, die von schiefen und einstürzenden Wänden flankiert war. ›Mensch, jetzt biste besoffen‹, äußerte er dazwischen stolz und froh und kam auf allen vieren im dritten Geschoß an, – welches den Erzeugnissen der Damenkonfektion zugeteilt war. Am Treppenende empfingen ihn zwei lächelnde Damen, die eine in eleganter Toilette, die andere – ›Mensch, hastu Worte?‹ – in seidenem Nachthemd. Jape, mit der Laterne zwischen den beiden hin und her leuchtend, fand alle beide bezaubernd. »Guten Abend, Frolein«, sagte er. »Wollen wa mal 'n bisken?«
Da keine der beiden lächelnden Schönen antwortete, lachte er laut auf, faßte die Elegante an ihre kühle, glatte Wachshaut und sagte ihr alles, was er an galanten Unflätigkeiten wußte. Jemand kicherte irgendwo dazu, so schien es. Jemand klirrte mit Metall, mit Porzellan oder Glas. Die Laterne blinzelte, irgendwo pochte es an Holz. Jape erschrak eisig. Er ließ von der Wächsernen ab, stand, starrte. Man klopfte irgendwo. Es kam näher, ganz nah, ganz, ganz nah. Jetzt war es dicht bei Jape, jetzt in ihm, jetzt klopfte es so hart und dumpf aus ihm heraus. Sein Herz, sein Ohr, sein Puls. Wo bist du, Jape? Was tust du? Liegst du in deinem schlechten Lehrlingsbett und träumst? Träumst du nur die Dinge, die Schätze, die Genüsse, die du nicht kennst, den Wein, der brennt, Weiber aus Seide, die lächeln, den Schein der Laterne, so unsäglich fremd zwischen der unheimlichen, unbekannten Welt der Gegenstände?
Jape löste sich von der Wachsdame ab und trat unsicher ein paar Schritte vor, aus dem Lichtkegel ins Halbdämmern. Er lehnte sich mit beiden Händen an das kühle Geländer aus Messing und schaute in die Tiefe des Warenhauses hinunter. Erst war es schwarz, schwankend und ungestalt, dann öffneten sich seine Pupillen und ließen ihn sehen. Da sah nun Jape Flunt. Da stand er nun und sah, und etwas wie Erkennen oder Bewußtwerden wuchs in seinem dumpfen Hirn. Er sah

die Dinge, jetzt sah er sie. Er sah dieses Haus, fünf Stockwerke, angefüllt mit allem Bedarf und allem Überfluß des Lebens. Alles hier war in tausendfacher Fülle, alles war Reichtum, alles wucherte weit über das Notwendige hinaus. Was war das, ein Bett, ein Kleid, ein Brot? Diese nackte, reizlose Notdurft des Lebens, um die wir uns die Hände blutig schinden, wir in unsern Hinterhöfen, wir in unsern Kellerwänden, wir in den Armutsgassen? Aber ihr, ihr habt alles zuviel, alles aus Seide, Kissen aus Seide, Weiber aus Seide – ihr! Euch schmeckt das Leben heiß und fett und süß, das geht euch ein wie Butter, ihr, oder wie Malaga Gold – ihr Fresser! Und als Jape Flunt seine Rede bis zu dieser Pointe zugespitzt hatte, fielen ihm die Arme schwer herunter, und er starrte wild aus sich heraus. Jetzt war er zornig »Mensch, jetzt biste aber tüchtig zornig«, bestätigte er sich selbst. Mit einer rohen und ungezügelten Bewegung riß er eine der seidenen Kaskaden, mit denen die Wände geschmückt waren, zu sich herunter; ein Glasschrank folgte stürzend und klirrend und entleerte brokatenen Goldglanz. Jape, eingerollt in den weichen Stoff, wälzte sich über den Boden hin, jetzt ganz entfesselt, mit weit offenem Munde stumm schreiend. Alles fetzte er zu sich her, was ihm erreichbar war, schmiß es zu Boden, trampelte mit seinen groben Stiefeln darauf herum, spie es an, ließ es verwüstet und beschmutzt hinter sich. Ohne sichtbare Grenze, wie die einzelnen Abteilungen ineinander übergingen, hatte die Damenkonfektion den tobenden Jape schon entlassen, ihn weitergegeben an die Möbel- und Kunstgegenstände. Was Jape neuerdings hinwarf, zertrat und anspuckte, das waren Bilder, Erzeugnisse eines geläufigen Kunsthandwerkes. Nicht Kunstwerke geradezu, doch manchmal Nachahmungen von solchen, Kopien weltberühmter Vorbilder, freundliche und erhellende Strahlen aus reineren Bezirken des Lebens. Eines davon – »Mensch, so 'ne Schweinerei« – brachte Jape zum Einhalten. Denn da

lag nackt, splitternackt und schlafend, ein Weibsbild und zeigte alles, was sie hatte. »Dunner!« – murmelte Jape und fraß den Anblick dieser feinen, langen Renaissanceglieder kochend in sich hinein. Mit dem Bild in der Hand richtete er sich auf und schaute. Seine Augen hatten sich an das Halbdunkel gewöhnt – oder war es heller geworden? Kam schon der Tag? Er konnte die Linien und Farben des verhexten und höllenmäßig erregenden Bildes erstaunlich genau sehen.
Einen Augenblick lang schwankte Japes Seele – denn auch Jape hatte eine Seele – zwischen Höhe und Abgrund, einen Blitz lang war sie bereit, aufzufliegen und sich gestillt der Schönheit hinzugeben. Er stand ganz still und starrte beinahe angstvoll in das Bild. Aber es gelang ihm nicht, er stürzte ab. Er schrie etwas Unflätiges aus sich heraus, schmiß das Bild zu Boden, der Rahmen krachte, das Glas klirrte. Venus lag zertreten und schmutzig zwischen anderen Scherben und Fetzen; Jape entfloh.
Wo sind seine Schätze hingekommen im Taumel der vergangenen Stunden? Draußen schlägt es zwölfmal, er hört es durch Ohrensausen, Herzklopfen und keuchenden Atem hindurch. Wo ist die Laterne, der Mantel, der Hut, der Schirm? Wo sind die zusammengerafften Kostbarkeiten, die Geschenke für Magda? Jape besinnt sich auf Rückzug und Vernunft. Er wird seine Laterne suchen, die Laterne zuerst, dann wird er Proviant holen, ein paar Flaschen Malaga Gold, und damit in die Teppichhöhle zurückkehren. Ach, vielleicht wird er sogar schlafen. Eine hohle, schwere Müdigkeit fällt über ihn her, indes er Treppen hinabtaumelt, noch immer zwischen Schleiern und Gespinsten der Trunkenheit irrend.
Die Laterne fand er. Sie stand noch auf dem Boden zwischen den beiden freundlichen Damen. Ihr Schein ging weiß und starr, fast körperlich in den Raum hinaus und projizierte weitab einen weißen Kreis auf eine Wand. Jape, inwendig in

dem Höllenfeuer brennend, das jenes Bild in ihm angezündet hatte, faßte hinter sich, tastete über die glatte Haut der Dame, die nur ein Nachthemd an sich hatte. Das Kühle, Unlebendige, Nichtatmende machte ihm angst. Er riß die Augenlider auf und starrte. Drüben, weit, an einer Wand der reglose, gipserne, weiße Schein der Laterne. Hinter ihm zwei lächelnde Gespenster aus Wachs. Sonst nichts. Alles sehr still. Alles ganz ohne Regung, als warte es in einer verzauberten Starre. Nein. Doch nicht. Nicht ganz ohne Regung. Irgendwo in den fünf Stockwerken lebt etwas, atmet etwas wie ein Mensch, dringt in die Stille ein, verändert alles auf eine schaurige Weise.
Und jetzt bewegte sich der weiße Lichtkreis an jener weit entfernten Wand. Die Laterne stand reglos, aber jener Schein bewegte sich. Erst war es fast unmerkbar, aber dann, kein Zweifel, geschah dort Unerklärbares. Der weiße Kreis floß auseinander, wurde zur Ellipse, verzerrte sich, gebar, einschrumpfend, einen zweiten Lichtkreis aus sich. Und dieser zweite Kreis kam näher, kroch die Wände entlang, kam näher, kam tappend, atmend, murmelnd näher. Entsetzlich –
Um neun Uhr war der Wächter die erste Runde gegangen. Um Mitternacht machte er sich zum zweitenmal auf den Weg, um in den fünf Stockwerken des Warenhauses die Kontrolluhren zu stechen, welche seine Wachsamkeit ihrerseits bewachten. Er verließ zu diesem Zweck sein wohlgeheiztes Wachstübchen, das hinter dem zweiten Vorratshof sich befand, dort, wo die Benzintanks lagerten. Er tappte fröstelnd und ein wenig lahmend – denn er war Kriegsinvalide – den gewohnten Rundgang, halb schlafend und keiner Ungewöhnlichkeit gewärtig. Im Herrenmodenlager stutzte er vor den herabgerissenen weißen Papierbogen, fand weitergehend die nächtliche Ordnung rätselhaft gestört, entdeckte ein schmutziges Bündel alter Kleider hinter einem Pfeiler. In sein Überlegen und Nachdenken kam ein Knit-

tern und Klirren von oben, ein diebshaftes Rumoren im dritten Geschoß. Der Wächter entsicherte seinen Dienstrevolver und stieg langsam und vorsichtig hinauf, und acht Minuten nach Mitternacht näherte sich der Wächter in treuer Pflichterfüllung unserem Jape, den entsicherten Revolver in der Rechten, die elektrische Taschenlaterne in der Linken, und einen Lichtkreis voll eigenen und erschreckenden Lebens vorauswerfend.

»Na warte nur, Bürschchen, was machste denn da?« sagte er, als er Jape, starr und steif zwischen den beiden Wachsschönheiten stehend, erblickte. Jape bewegte die Lippen, aber er war völlig gelähmt und jeden Tones unfähig. Übrigens klang auch des Wächters Stimme heiser und behindert durch Angst. So also standen sie einander lange gegenüber, etwa fünf Minuten lang, eine Ewigkeit voll abstürzender Gedanken.

Dann geschieht ganz schnell etwas. Dann tut der Wächter einen Schritt vor und hebt – nur zur Warnung – die kleine schwarze Revolvermündung vor sich hin. Und Jape, voll Entsetzen, greift hinunter, faßt seine Radfahrlaterne und schlägt sie mit der Kraft eines Wahnsinnigen irgendwohin. Der Wächter stürzt, begräbt Taschenlampe und Revolver unter sich und schweigt. Japes Radfahrlaterne ist zerbrochen. Es wird finster. Aus den Scherben quillt abscheulicher Geruch von dampfendem Karbid und füllt alle fünf Stockwerke des Warenhauses bis hinauf zur Decke, wo eine Fortuna aus Kunstglas Schätze ausstreut.

Um zwölf Uhr hatte der Wächter die Kontrolluhr am Seiteneingang gestochen, drei Minuten später die zweite, rückwärts beim Lager der Seifen und Putzmittel, sieben Minuten nach Mitternacht hatte er seine ordnungsmäßige Wachsamkeit bei der Kontrolle der Herrenkonfektion bewiesen. Und ein Viertel nach zwölf lag er in der Damenmode-Abteilung auf dem Gesicht und war tot.

Jape glaubte es lange nicht, aber dennoch war es so. Der

Wächter hatte auf eine hartnäckige, unwiderrufliche und beinahe boshafte Weise aufgehört zu atmen. Er war immer ein stiller Mensch gewesen, von Berufs wegen wie aus Veranlagung, und war nun noch ein wenig stiller geworden. Ein Nachtwächter, ein Kriegsinvalide, ein Bewohner von Armutsgassen, Hinterhöfen und Kellerwohnungen wie Jape auch, eine armselige und bedeutungslose Existenz – aber doch ein Mensch. Der Sohn einer Mutter, der Gatte eines Weibes, der Vater eines Kindes, atmend, lachend, weinend, kämpfend, ausgestattet mit dem Mut des Pflichtgetreuen und der Angst der Kreatur, beschenkt mit den unerklärbaren, herrlichen und schmerzensvollen Fähigkeiten des Lebendigen – bis vor kurzem. Nun nur ein Bündel Anorganisches, Stoff, Gegenstand zwischen den gehäuften unlebenden Gegenständen des Warenhauses ...
Jape, dieser geschlagene und aus den Fugen gegangene Rest eines Menschen, hatte sich ein wenig entfernt von dem Toten hingehockt und begriff gar nichts. »Was is'n da passiert?« fragte er einige Male flüsternd, und als er keine Antwort bekam, lächelte er schüchtern, so, als wäre alles nur ein Scherz gewesen. Reue spürte er nicht und auch kein Mitleid. Bis zu so klaren Gefühlen vermochte er nicht durchzudringen. Er war sehr müde. Ihn erfüllte über alle Grenzen hinaus der Wunsch und die Hoffnung, zu schlafen, einzuschlafen und in seinem schlechten Lehrlingsbett zu erwachen, in seinem kalten Verschlag voll Nachtdunst und Morgendunkel. Er lehnte den Kopf an das Holzbein der Wachsdame und schloß die Augen, und es ist wahrscheinlich, daß er wirklich einschlief, drei Schritte entfernt von dem erschlagenen Mann. Auf jeden Fall wußte er lange Zeit nichts, schwebte er durch eine vollständige Leere, was in seiner Lage eine ungemeine Erleichterung, eine Wohltat und eine wahre Gnade bedeutet. Er genoß traumlos diese Narkose, mit der die Natur den Menschen gegen Unerträgliches schützt.

Dennoch schien in den Tiefen dieses Schlafes oder dieser Bewußtlosigkeit etwas vorzugehen. Es war gleichsam so, als würde da unten, innen in den tiefsten und unerkanntesten Bezirken der Seele ein Befehl an den schlafenden Jape erteilt. Denn als er erwachte, wußte er ganz genau, was zu geschehen habe, und führte es auch ohne Zögern aus.
Er befand sich in einem höchst sonderbaren Zustand, er schwebte in einem Gelähmtsein und zugleich in einer Überwachheit dahin, wie sie der Genuß mancher Gifte mit sich bringt. Der Weinrausch saß noch in seinem Hirn, den Magen hatte er überfüllt mit unbekannten Speisen, die Lunge war vollgesogen mit den Karbidgasen seiner zerschmetterten Laterne, und ein wüster Geschmack wuchs in seinem Mund mit den anwachsenden Zahnschmerzen zusammen. Ihm war übel auf eine erbärmliche Weise, hundejämmerlich und elend – »Mensch, wie is mir elend«, sagte er zu sich selbst –, und dabei war ihm unbeschreiblich freudig zumute. Ja, diesem Jape Flunt in seiner schlechthin verzweifelten Lage war es auf eine unwahrscheinliche und prickelnde Weise freudig, taumelnd und genußsüchtig ums Herz.
Dies aber war der Befehl, den seine Seele in ihren Tiefen und ihrer Bewußtlosigkeit empfangen hatte: Er mußte seine Tat unkenntlich machen. Er mußte das Zerstörte noch einmal zerstören. Er mußte den Anschein erwecken, als sei der Wächter bei einem großen Unglück nur ganz nebenbei und zufällig und selbstverständlich verunglückt. Er mußte, mit einem Wort, das Warenhaus anzünden und den Toten im Brand umkommen lassen. Ach, wundert euch nicht, daß es Jape in seinem Elend freudig und erwartungsvoll ums Herz war. Denn wer kennt die abgründige Lust des Vernichtens bis in die letzte Tiefe? Da ist das Warenhaus, fünf vollgespeicherte Stockwerke, drei Höfe, sechs Treppen, zwei Liftanlagen, ungerechnet die Keller, die Magazine, die Benzinlager, die Automobile, die Anlagen für Heizung und Lüftung, für

die vielfachen und üblichen Verfeinerungen einer Zeit, welche den Komfort an die Stelle des Wesens gesetzt hat.
Und da ist auf der anderen Seite Jape Flunt, ein armer, dumpfer Junge, ein Feind, ein Eroberer mit einer kleinen Schachtel Streichhölzer in seiner gestohlenen Hosentasche. Und da ist das erste winzige, aufzuckende Flämmchen im Halbdunkel, das sogleich und ohne Kraft erlischt. Und da das zweite, das schon ein wenig glimmendes Leben besitzt. Und da und dort noch eines, aber alle klein, armselig und ohne rechten Atem. Und somit muß Jape sein Werk anders beginnen, mit mehr Überlegung, mit einer gewissen grausamen Sachlichkeit, zu welcher ihn der überwache und zugleich gelähmte Zustand seines Hirns besonders befähigt. Er wird jetzt geschäftig und fleißig, er arbeitet mit einer verbissenen Heftigkeit, er läuft hin und her, Treppen ab und wieder hinauf über die weichen Läufer. Er trägt zusammen, schichtet auf, prüft und verwirft, und baut still und eifrig an seinem Scheiterhaufen. Die Auswahl an brennenden Gegenständen ist groß. Man findet Dinge aus Papier, aus Pappe, aus Holz. Dünne Stoffe – Jape hüllt den schweren Körper des toten Wächters hinein und fürchtet sich nicht einmal. Es ist ihm tief innen eine große Lockerung widerfahren, eine Erlösung, eine Befreiung gehemmter und ungewußter Triebe. Jetzt fürchtet er sich nicht mehr. Er baut einen Hügel, eine Pyramide, in deren Mitte und innerstem Kern der erschlagene Mann wohnt, und er gießt am Ende und zu allem Überfluß einige Flaschen Terpentin darüber aus, die er im Seifenlager gefunden hat.
Diesmal gelingt es, und die erste Flamme fährt gleich hoch hinauf, lang und spitzig und sausend wie ein Schwert. Jape lehnt sich an das Geländer und genießt das Schauspiel. Er zittert unmäßig vor Vergnügen, er zuckt am ganzen Körper, seine Glieder schlagen aus. Etwas geschieht in ihm, er muß tanzen, er muß auch schreien. Er muß ganz weit den Mund

aufreißen und schreien, es biegt ihm den Kopf in den Nakken, es schlenkert mit seinen Armen, es reckt seine Knie zu hohen Sprüngen aus. Er hat keine Gewalt mehr über sich und keine Gewalt mehr über die Flammen. Er wollte nur ein Feuer anlegen, ein nicht zu großes Feuer in der Damenmode-Abteilung, und dann wollte er in seiner Teppichhöhle den Tag abwarten und entkommen. Aber nichts davon. Die Flammen sind rasend geworden und Jape desgleichen. Er brüllt, er singt, er schleudert seinen rachitischen Kopf in Krämpfen hin und her. Die Flammen sausen, kochen, knattern. Schüsse aus der brennenden Pyramide, wo sich der Dienstrevolver entzündet hat! Senkrecht, wie eine Armee rücken die Flammen vor, sengend gegen Jape. Sie sind blau und gelb und haben Köpfe, Gesichter, Bärte. Über sich schwingen sie schwarze Fahnenfetzen aus Rauch gegen die gläserne Decke. Siehe, da tanzen auch die Damen, sie sind nun doch lebendig geworden in der Hitze, sie krümmen und biegen sich, sie drehen gespenstisch ihre wächsernen Glieder, sie verschmelzen; glühend und mit einer weißen Flammenschicht bedeckt fließen sie über den Boden. Jetzt springen die Flammen, sie fassen die Teppiche, welche über die Balustraden hängen, sie schleudern brennende Dinge weit hinaus, hinüber. Sie greifen überallhin, sie rennen an den Treppenläufern hinunter, krachend, schmetternd, sie kommen von allen Seiten, sie schlagen über dem Mittelraum zusammen. Jape jagt davon, sie sind hinter ihm her, er spürt sie immerfort an sich, sein Haar ist abgesengt, auch Brauen und Wimpern, seine Haut ist bedeckt mit Brandwunden und Blasen. Aber Zahnschmerzen hat er jetzt nicht mehr, nicht im geringsten, und selbst in dem Brennen seines Körpers ist noch dieser unmäßige und abgründige Genuß der Vernichtung. Es ist jetzt alles zur Flamme geworden vom Erdgeschoß bis in das dritte Stockwerk, es ist eine blaugelbe, fließende und bewegte Fläche, unter der sich ein unbeschreibliches Getöse vollzieht. Sonderbar, daß trotzdem eine seltsame Stille und Stetigkeit von dem Flammenfluß auszugehen scheint, eine Art von Schweigsamkeit und Öde inmitten des Tobens. Und dann beginnt es aus dem Feuer zu singen, ja, es gibt Dinge, welche singen, während sie verbrennen. Es gibt Balken, Metalle, Stoffe, die einen Rest von Leben bewahrt haben, und nun singen sie, während sie aufgelöst werden. Aber jetzt ist das Warenhaus nur mehr eine Hölle, jetzt faßt es den Rauch und Qualm nicht mehr, jetzt haben die Flammen alle Luft aufgefressen, jetzt kann man nicht mehr atmen. Jape, erstickend, verwundet, von fallenden, brennenden Trümmern getroffen, flieht nach oben, in einem unbewußten Rettungsdrang immer weiter nach oben. Das Feuer folgt ihm nach, und oben preßt sich der Rauch unter der Decke schwarz zusammen. Eine Minute faßt Jape den irrsinnigen Gedanken, das Feuer zu löschen. Er blickt wirr um sich, aber er sieht ja nicht mehr mit seinen rauchblinden Augen. Wie es geschieht, daß er trotzdem die Scheibe für den Feueralarm findet, das weiß er nicht. Er weiß nichts, nichts mehr. Er schlägt mit der Faust die Scheibe ein, er spürt die Wunden nicht und das Blut nicht. Er ist von den Flammen in den letzten, äußersten Winkel gepreßt, und auch hier dringt das tobende Feuer ihm nach. Mit einem ungeheuren Getöse bricht über ihm die Glasdecke des Hauses entzwei. Fortuna klirrt in den brennenden Abgrund hinab, Brand und Rauch schießt über das Haus in die Nacht.

In der Stadt wird es hell, es spiegelt sich in Fensterscheiben, es weckt schlafende Bürger aus ihren Betten. Es gellt Signale, es rast auf Wagen heran, es schlägt mit Hacken an die Rollbalken, klimmt Leitern hoch, zischt Wasser und Kohlensäure in die Flammen. Feuerwehrmänner, schlechtbezahlte, blauuniformierte Werkzeuge der öffentlichen Sicherheit, stürzen sich mit Todesmut in das brennende Warenhaus. Zwanzig lebendige Menschen, dreißig, vierzig Menschen finden sich bereit, zu retten. Was zu retten? Das Möbellager, die Konservendosen, die toten Vorräte in Kellern und Magazinen –

Die Flammen gehen ihren Weg. Sie verlassen die leergenagten unverbrennbaren Betonpfeiler, schlagen über das Haus hinaus, über die Straßen, auf den Platz hin, springen in die Höfe, brechen die Treppen ab, schleudern brandige Fetzen in angsterfüllte Stadtteile. Der Oberbürgermeister selbst erscheint mit bleicher Dienstmiene an der Brandstätte, welche in weitem Umkreis abgesperrt wird. Der Himmel über der Stadt ist rot und entzündet ...

Jape hing an ein Gitter verklammert im fünften Stockwerk, über ihm lag der rote, brennende Himmel, hinter ihm Qualm und Untergang, er sah ihn mit seinem letzten Blick, bevor seine verbrannten Hände losließen, als er mit dem stürzenden Gitter in die Tiefe sauste. Im gleichen Augenblick hatten die Flammen den dritten Hof erreicht. Die Benzintanks brachen auf, und der ungeheure Schlag der Explosion schleuderte alles in das Nichts.

Der Weihnachtskarpfen

Für die Lanner-Kinder fing Weihnachten am 6. Dezember an, weil das der Tag war, an dem Santa Claus kam. Natürlich wurde er in Wien nicht Santa Claus, sondern mit seinem italienischen Namen genannt: Nikolaus. Der Nikolaus war ein freundlich aussehender alter Herr mit einem gütigen Lächeln, das hinter einem langen weißen Bart versteckt war; er war mit dem Festgewand eines Bischofs bekleidet und trug einen Bischofsstab in der Hand. Das Aufregende für alle österreichischen Kinder war, daß mit dem Sankt Nikolaus – und als sein böses Pendant – ein haariger schwarzer Gefährte kam, der Ruprecht genannt wurde. Der Knecht Ruprecht war ein Teufel mit Hörnern; er hatte eine lange feurige Zunge, die aus seinem schwarzen Gesicht heraushing, und einen höllisch aussehenden Dreizack in der Hand, mit dem er böse Kinder aufspießen konnte. Lange vor Dezemberanfang konnte man Nikolaus und Ruprecht in allen Schaufenstern sehen, doch in der Nacht zum sechsten kamen sie wirklich in der Stadt an. An dem Abend stellten die Lanner-Kinder ihre Schuhe ins Fenster, ihre kleinen Hände zitterten, ihre Herzen pochten. Sie fürchteten das Schlimmste, hofften aber das Beste. Denn war man artig gewesen, würde man die Schuhe am Morgen voller kandierter Früchte, Datteln, Feigen und Nüsse finden; war man jedoch böse gewesen, würde Nikolaus den Schuh leer lassen und Ruprecht eine Birkenrute hineinstecken, um darauf hinzuweisen, daß die Eltern sie besser einmal auf dem Hinterteil gebrauchten. Im Lanner-Haus gab es drei Kinder: Friedel, der älteste, ein kleiner wilder Kerl mit blauen Augen, schwarzem Haar und glühenden Wangen, und die Zwillinge Annie und Hans. Annie war ein fröhliches, emsiges, geschäftiges kleines Frauchen, und Hans war ihr schüchterner und ergebener Schatten. Für alle drei bedeutete der sechste Dezember nicht nur Nikolaus und Ruprecht, Süßigkeiten oder Rute, sondern viel wichtiger noch: es war der Tag, an dem Tante Mali vom Land kam. Lange Zeit betrachteten die Lanner-Kinder Tante Mali sogar beinahe als die dritte Person in dieser Dreiheit, und es war ihnen nie ganz klar, ob Tante Mali ihnen vom Himmel oder von der Hölle geschickt wurde.

Tante Mali war ein Original. Sie war groß und dünn und von solcher Geschwindigkeit und Energie, als wäre sie nicht mit dem Zug nach Wien gekommen, sondern auf einer Rakete in die Stadt geschossen worden. Soweit die Kinder sich zurückerinnern konnten, war sie immer grau und alt gewesen; aber während sie selbst heranwuchsen, verschiedene Stadien von Schulschwierigkeiten, unreiner Haut, tagträumender Adoleszenz und erster Backfischliebe durchmachten, schien Tante Mali nie einen Tag älter zu werden, als sie immer gewesen war.

Tante Mali kam vom Land; sie war tief religiös und sehr streng; sie ließ nicht zu, daß ihr widersprochen wurde, nicht einmal von Dr. Lanner, der einer der besten Chirurgen Wiens und eine Kapazität war und es selbst nicht mochte, wenn ihm widersprochen wurde. Tante Malis Launen waren von der ganzen Familie gefürchtet, und alles wurde getan, um ihren Zorn zu besänftigen. Kurz, Tante Mali war ein Diktator, lange bevor die Welt sich der Diktatur bewußt geworden war.

Erst nachdem Tante Mali angekommen war, ihre große Schürze umgebunden und in der Küche das Regiment übernommen hatte, konnte Wien sich ernsthaft dem Geschäft der Weihnachtsvorbereitungen widmen – so kam es zumindest den Kindern vor. Es konnte kein reiner Zufall sein, daß jedes Jahr am Tag der Ankunft Tante Malis der Weihnachtsmarkt sich auf dem dafür vorgesehenen Platz in der Stadt ausbrei-

tete – ein glitzerndes, klirrendes, duftendes Durcheinander von Ständen und Buden, gefüllt mit all dem Drum und Dran für die Feiertage und voller Süßigkeiten, Kerzen, Schmuck, Verheißung und Aufregung.
Tante Mali richtete sich in der Küche ein, öffnete ihre schwarze Wundertasche und zauberte eine Fülle an Gewürzen und Zutaten daraus hervor, eine Wolke von Weihnachtsgerüchen, und, das Faszinierendste von allem, das Buch. Das Buch war sehr alt, und manche Seiten waren von Generationen ehrgeiziger Frauen der Lanner-Familie so oft durchgeblättert und abgegriffen worden, daß sie nur noch Fetzen waren. Das Buch war am 25. Dezember 1798 von einer Anna Maria Amalia Lanner, der Urgroßmutter Tante Malis, begonnen worden. Das Datum konnte man noch auf der ersten Seite sehen, in Anna Maria Amalias schnörkeliger Handschrift niedergeschrieben und gefolgt von einem schön gemalten: »!!!Gott sei mit uns!!!«
Das erste Rezept, das sie in ihr Buch eingetragen hatte, war für einen Kuchen mit dem Namen Guglhupf, unerläßlich bei jeder festlichen Gelegenheit in Wien, und es erforderte so viele Eier und so viel Butter, daß es Mutter schwindlig machte, oder zumindest behauptete Frau Lanner es. (Mutter, Dr. Lanners Frau, war diejenige, von der der kleine Hans sein feines und schüchternes Betragen und seine gefügige kleine Seele geerbt hatte.) Diesem ersten Rezept folgten andere, niedergeschrieben von Anna Maria Amalias Töchtern und Schwiegertöchtern, von Nichten, Enkelinnen und Urenkelinnen, von einer Kette weiblicher Nachkommen, alle gute Köchinnen, wie die meisten Österreicherinnen.
In gewisser Weise spiegelte das Buch die Hochs und Tiefs der Familie wie der Zeiten wider, und mancher junge Soziologe hätte es gut als Grundlage seiner Magisterarbeit verwenden können. Den Kindern bereitete es unendlichen Spaß, sich von ihrer Mutter aus den bekritzelten Seiten vor-

lesen zu lassen. Sie konnten über die zwölf Eier und fünf Pfund Butter, die in Anna Maria Amalias einfachen kleinen Guglhupf kamen, genauso lachen wie über die Rezepte, die Tante Mali persönlich während des Weltkriegs eingetragen hatte, als es in Österreich keine Lebensmittel gab und die Leute Kuchen aus Möhren und schwarzen Bohnen machten. Tante Mali machte sich mit klappernden Töpfen und Pfannen in Wolken von Mehl grimmig an die Arbeit. Mehl bedeckte ihre Wimpern, Schokolade war über ihre gestärkte weiße Schürze gekleckert, der Geruch von Zimt umhüllte sie, und ihre nackten Arme waren bald von Brandwunden so scheckig wie die Arme eines alten Kriegers von ehrbaren Narben. Frau Lanner wagte nicht, die Küche zu betreten, wo Tante Mali mit der verheerenden Kraft eines Hurrikans arbeitete; und Kati, das Dienstmädchen, das sonst kochte, ging auf sein Zimmer, von Weinen und Wut geschüttelt, in seinen Gefühlen verletzt. Die Wochen zwischen dem 6. Dezember und dem 24. Dezember waren für alle eine Zeit der Spannung, der Furcht, des Schreckens und der Hoffnung.
Tante Mali backte Weihnachtsplätzchen.
Sie backte Zimtsterne und Schokoladenringe und Anna Maria Amalias Husarenkrapferln, die einem im Mund zergingen und immer besser schmeckten, je länger man sie in dem großen Steinguttopf bewahrte. Sie backte knusprige braune Buchstaben – ein ganzes Alphabet davon –, die Patience hießen, und kleine Kügelchen von leichtem weißem Schaum, die Spanischer Wind hießen; sie machte Marzipan und Quittengelee und Rumtrüffel. Sie backte Brote und Kuchen aller Formen und Geschmacksrichtungen und verschiedener Süße; und der gute warme Geruch von Hefe zog in jeden Winkel und jede Ecke und hielt die Lanner-Kinder in einem stetigen Zustand von Verlangen und hungriger Vorahnung. Der kleinen Annie wurde gelegentlich Zutritt zur Küche gewährt und erlaubt, Teig zu rühren oder Eiweiß auf die Plätz-

chen zu streichen – denn man konnte nicht früh genug anfangen, wenn man eine gute Köchin werden wollte. Die beiden Jungen wurden dem heiligen Reich strikt ferngehalten, aber jeden Abend servierte Tante Mali ihnen ein paar winzige Kostproben der zu erwartenden Freuden. Ihr großer Tag kam, wenn sie sie zum Markt begleiteten, um den Karpfen zu kaufen; denn der ganze Aufruhr des Kochens und Backens und Vorbereitens steigerte sich immer mehr und erreichte dann seinen Gipfel in dem, was man in Wien *Fasten* nannte. Und das Fasten wiederum hatte seinen eigenen Höhepunkt am Heiligabend, wenn der Weihnachtskarpfen serviert wurde.

Der Kauf dieses Karpfens war eine fieberhaft erwartete Zeremonie. Am Morgen des 24. Dezember, und keinen Tag früher, gingen die Kinder mit Tante Mali zum Markt. Kati bildete als beratende und unterstützende Kraft die Nachhut in der wichtigen Schlacht um den besten Karpfen, den es gab. Weil jede Familie in Wien den besten Karpfen für ihr Essen am Heiligen Abend wollte und jede Familie eine erfahrene Einkaufstruppe zum Markt schickte, war das Schieben, Kreischen und Raffen heftig und erbittert. Und da waren sie, Tausende von Karpfen, die sich in ihren Wannen und Bottichen wanden, plantschten und schlängelten, eine fette, lebendige, ergiebige und reiche Überfülle silbriger Fische. Tante Mali hatte harte, energische Ellbogen, und sie bahnte sich ihren Weg von Wanne zu Wanne, immer auf der Suche nach dem einen, dem besten, dem vollkommenen, dem Superweihnachtskarpfen.

Es mußte ein Spiegelkarpfen sein, nackt bis auf vier Reihen silbriger Schuppen die Flanke hinunter. Er sollte groß sein, aber nicht zu alt, sonst würde er brackig schmecken. Er sollte auf jeden Fall männlich sein, weil der Laich in einem ausgewachsenen männlichen Karpfen eine Delikatesse für sich war. Seine Kiemen mußten rot sein, und seine Augen mußten hervorstehen und lebendig aussehen. Der ganze Fisch mußte vor Leben und Kraft beben; und wenn Tante Mali endlich den richtigen fand und er ihrer Hand mit dem Schwanz einen Schlag versetzte und mit der Sprungkraft und Grazie eines Trapezkünstlers im Zirkus in die Wanne zurückschnellte, lachte sie laut auf und zahlte jeden Preis, den Jakob Fisch dafür verlangte. Nun traf es sich, daß Tante Mali letzten Endes immer bei Jakob Fisch kaufte, weil er zweifelsohne die besten Karpfen auf dem Markt hatte. »Ich kenne mich aus mit Fisch, weil ich selbst ein Fisch bin«, sagte er jedes Jahr und kostete seinen ewigen Witz aus. Ganz gewiß kannte er sich mit Fisch aus; er reiste, wenn das Wasser aus den großen Karpfenteichen abgelassen wurde, bis nach Ungarn und in die Tschechoslowakei, um sich die besten der Ausbeute auszusuchen. Er war der beste Fischhändler auf dem Markt, und es kümmerte niemanden, daß er Jude war. In Österreich feierte niemand Weihnachten mit mehr Leidenschaft und Begeisterung als die Juden. Sie gingen am Weihnachtsmorgen sogar in die Kirche, weil der Gottesdienst so herrlich und die Musik so schön war.

Dann kam der Augenblick, in dem der Karpfen getötet werden mußte – der Augenblick, den die Zwillinge fürchteten und Friedel liebte. Mit einem Holzhammer schlug Jakob Fisch den Fisch geschickt bewußtlos, schlitzte ihn auf und grub in ihm nach dem Laich und der Leber. »Vorsicht, Vorsicht, die Galle –« Tante Mali und Kati schrien jedesmal, und jedesmal antwortete Jakob Fisch herablassend: »Meine Damen, ich habe Karpfen getötet und ausgenommen, als Sie noch in den Windeln lagen.« Darüber kicherte Kati, und Tante Mali lachte, und für Annie war es das Zeichen, die Hände von den Augen zu nehmen, denn dann konnte sie sicher sein, daß der Karpfen tot war. Das Schreckliche war, daß er sich in dem Korb, in dem Kati ihn nach Hause trug, weiter wand und zitterte, mit Petersilie gefüllt und mausetot wie er war.

»Stell dich nicht so dumm an«, sagte Friedel zu seiner Schwester. »Das sind nur Reflexe.« Ihm machte es nichts aus, Frösche zu töten oder Tiere zu sezieren, weil sein Vater Chirurg war und er eines Tages auch Chirurg werden wollte. Wenn sie nach Hause kamen, roch das Haus nach Weihnachtsbaum und Überraschungen. Dieser Nachmittag kam den Kindern, im Kinderzimmer eingeschlossen, endlos vor. Selbst Friedel ließ sich dazu herab, mit ihnen Domino zu spielen, um die Zeit zu vertreiben. Endlich wurde es dunkel. Endlich wurden sie gewaschen und angezogen. Endlich steckte ihre Mutter den Kopf ins Zimmer und flüsterte, sie glaube, sie habe das Christkindl einige Päckchen bringen sehen, und sie sollten bitte nicht so viel Krach machen. Endlich klingelte die Weihnachtsglocke, und sie stürmten ins Wohnzimmer und hielten an der Tür, überwältigt von der ganzen Herrlichkeit.
Da war der Weihnachtsbaum, ein wirklich großer, der vom Boden beinahe bis zur Decke reichte. Ein kleiner Engel glitzerte von seiner Spitze, und unter seinen untersten Zweigen war der Stall mit dem Christkindl – das kleine Kind in der Krippe –, Maria kniete an seiner Seite, und Joseph stand dahinter. Da waren die Heiligen Drei Könige, die Hirten, die Ochsen, der kleine Esel und noch mehr Engel, und alle sahen auf das Christkindl. Die Zweige des Baums waren beladen mit Äpfeln und vergoldeten Nüssen und Tante Malis Meisterwerken, der Patience, dem Spanischen Wind, den Schokoladenringen, den Zimtsternen. Da brannten außerdem Wachskerzen – es sah aus, als wären es tausend – und der süße Geruch des Wachses machte den Heiligen Abend für die Lanner-Kinder vollkommen und vollendet. Kati, steif wie ein Wachtposten und mit einem nassen Lappen in ihren großen roten Händen, stand dabei und paßte auf jeden Zweig auf, der Feuer fangen könnte. Tante Mali, in schwarze Seide gehüllt und gekrönt mit einem überwältigenden Teil

falscher brauner Locken auf dem grauen Kopf, forderte die Kinder in strengem Flüsterton zu singen auf. Sie faßten einander an den Händen, und mit ihren Diskantstimmen fingen sie an zu singen, während der Widerschein der tausend Wachskerzen in ihren Augen funkelte und sie vor Aufregung kalte Füße bekamen, weil an der Wand drei Tischchen standen, jedes mit einem weißen Damasttuch bedeckt, unter denen sich ihre Geschenke verbargen. Aber erst nachdem Annie, die nach allgemeiner Übereinkunft zur jüngeren der Zwillinge erklärt war, das Lukasevangelium aufgesagt hatte, wurde ihnen erlaubt, die Tische aufzudecken. Gewöhnlich machte Dr. Lanner ihrer Spannung plötzlich ein Ende, indem er direkt nach: »Ehre sei Gott in der Höhe. Und Friede auf Erden den Menschen, die guten Willens sind« vom Klavier aufstand und rief: »Stürzt euch drauf, Blagen!« Und mit diesem Zeichen war der feierliche Teil des Abends vorüber, und der Rest war reines Vergnügen. Die Kinder tranken süßen Wein zu ihrem Weihnachtsessen, und der Doktor gab einen humorvollen Trinkspruch zum besten. Während der Suppe wurde Tante Mali sentimental und erinnerte sich ihres verstorbenen Ehemanns, fing sich jedoch wieder und rückte in die Küche ab, denn es war Tradition, daß sie selbst den Karpfen hereintrug. Sie kam damit herein: ein Berg goldenen gebratenen Karpfens, hoch aufgeschichtet auf der alten Wiener Servierplatte mit handgemaltem Rosenmuster. Die Kinser stießen mit ihren Messern gegen die Weingläser, sie trampelten mit den Füßen und machten jeden nur erdenklichen Lärm. Der Doktor tat einige Schuppen in seine Geldbörse, damit er das ganze Jahr über Geld haben würde, und Frau Lanner sagte: »Nun eßt, und redet nicht, Kinder, und seid vorsichtig mit den Gräten.«

Und Tante Mali, zum Teil vom Ofen und zum Teil von ihrem Erfolg mit dem Karpfen rot glühend, entspannte sich und erzählte ihnen noch einmal, wie es in der Weihnachtsnacht auf dem Lande war, wo man um Mitternacht zur Mette ging und alle Bauern mit ihren kleinen Laternen über die verschneiten Hügel kamen und jeder seine besonderen Weihnachtsfilzpantoffeln mitbrachte, damit seine Füße in der Kirche nicht zu kalt wurden.

Die Kinder wurden nie müde, dem zuzuhören, und alles verschmolz mit dem guten vollen Geschmack des Karpfens, der Wärme des süßen Weins, dem Geruch der Wachskerzen, den Geschenken auf den Tischchen im Wohnzimmer und dem merkwürdigen Gefühl, mehr gegessen zu haben, als einem guttat, und der ganzen grenzenlosen Freude und Herrlichkeit des Heiligen Abends.

Zuerst kam dies und dann das. Dann kam der *Anschluß*. Dann kam der Krieg. Dr. Lanner war sehr ruhig geworden, und Frau Lanner, die immer ruhig gewesen war, hatte sich ein nervöses kleines Zittern der Hände und ein nervöses kleines Zucken der Augenlider angewöhnt. Friedel war Flieger geworden, und sie glaubte, daß er seit diesem Absturz etwas merkwürdig sei, oder vielleicht war der Druck all dieser Bombenangriffe zuviel für den Jungen. Annie war mit einem Leutnant verlobt, der im besetzten Frankreich stationiert war, und Hans, der Apotheker werden sollte, arbeitete in einer Munitionsfabrik. Er war etwas zu mager und zu lang, und sein Vater neigte zu der Ansicht, daß seine Lungen nicht ganz in Ordnung seien.

Ja, alles hatte sich verändert, außer Tante Mali. Pünktlich am 6. Dezember tauchte sie in der Stadt auf, komplett mit schwarzer Tasche und dem Buch, bereit, sich in der Küche an die Arbeit zu machen.

»Du hättest das Buch genausogut zu Hause lassen können«, sagte Frau Lanner resigniert. Und der Doktor fügte ein altes österreichisches Sprichwort hinzu: »Aus Pferdeäpfeln kann man bekanntlich keinen Apfelkuchen machen.«

»In dem Buch habe ich mein gutes altes Kriegsrezept für Möhrentörtchen«, sagte Tante Mali unverzagt. »Und für den Bohnenkuchen. Er schmeckt beinahe wie Sachertorte.«
»Ich möchte, daß meine Bohnen wie Bohnen schmecken; aber sie tun's nicht«, erwiderte der Doktor.
»Ich habe auch Butterfett mitgebracht«, sagte Tante Mali. »Zumindest können wir Heiligabend gebratenen Karpfen haben, und das ist die Hauptsache.«
»Gebratener Karpfen! Die Idee!« sagte Frau Lanner. »Es wird kein einziger Karpfen auf dem Markt zu haben sein. An diesem Weihnachten wird in ganz Wien kein einziger Karpfen zu haben sein.«
»Ja, ich weiß«, sagte Tante Mali. »Deshalb habe ich einen mitgebracht.«
»Du hast was?«
»Ich habe einen Karpfen mitgebracht. Ich habe ihn in der Küche in seinem Eimer gelassen.«
»Wo hast du ihn bekommen?« fragte Frau Lanner schwach, von Respekt und Bewunderung überwältigt.
»Von unserem alten Freund. Von wem sonst? Von Jakob Fisch. Natürlich hat er keinen Stand mehr auf dem Markt, weil er Jude ist. Aber nichtsdestotrotz hat er mir einen Karpfen besorgt, privat, verstehst du. Er hat ihn von einem Verwandten, der jenseits der ungarischen Grenze lebt. Es ist kein sehr guter Karpfen, aber schließlich ist Krieg, und Weihnachten wird man keinen Karpfen bekommen können. Wir müssen ihn nur bis dahin am Leben halten.«
»Sicher. Das ist einfach, nicht wahr?« sagte Frau Lanner bitter. »Einen Karpfen drei Wochen lang in einer Vierzimmerwohnung am Leben halten. Wo sollen wir ihn hintun?«
»In die Badewanne«, sagte Tante Mali, von Kopf bis Fuß ein siegreicher Küchen-Napoleon.
Es war sowieso ein schwacher Karpfen, er war jung und dünn und hatte blasse anämische Kiemen. Sein Bauch war

platt, ohne Rogen und Laich, und er gab nur einen schwachen Klaps mit dem Schwanz, als Tante Mali ihn in die Badewanne legte. Aber es war ein Karpfen, und entgegen allen Erwartungen blieb er am Leben. Seine neue Bleibe schien ihm sogar zu gefallen, und Tante Mali, die ihn eifrig mit Goldfischfutter fütterte, behauptete, daß er zunehme. Sie behauptete auch, daß er die Familie kenne und kommen würde, wenn man seinen Namen rufe.

Dr. Lanner hatte ihm den Namen Adalbert gegeben, und die Beziehung zwischen dem Arzt und dem Karpfen war eine der gegenseitigen Zuneigung. Der Doktor ging jeden Morgen in die Badewanne und drehte die kalte Dusche auf. »Entschuldige, Adalbert«, sagte er. »Ich hoffe, du hast nichts dagegen.« Adalbert hatte nichts dagegen. Im Gegenteil, er schien das kalte Wasser zu mögen, das in die altmodische Badewanne hinunterplatschte. Er schwamm in kräftigen, schnellen Kreisen, immer in der Wanne herum. Seine hervorstehenden Augen richteten sich liebevoll auf des Doktors Beine im Wasser. Nach dem Frühstück fütterte Tante Mali ihn, und eine Stunde danach kam Annie und wechselte das Wasser in der Wanne für ihn. Während dieses Vorgangs blieb Adalbert sehr still, klapste nur mit seinen Flossen und erlaubte Annie, seinen Bauch zu kitzeln. Hans behauptete sogar, Adalbert habe ihm zugelächelt, als er sich rasierte. Obwohl Frau Lanner beinahe eine Woche brauchte, um sich mit der Anwesenheit eines lebenden Karpfens in ihrer schönen sauberen Badewanne abzufinden, gewöhnte auch sie sich am Ende an Adalbert, und man konnte sogar hören, wie sie mit ihm in der Babysprache sprach, die sie nicht mehr gebraucht hatte, seit die Zwillinge drei Jahre alt gewesen waren. Sie verbrachte mehr und mehr Zeit mit Adalbert allein, und einmal gestand sie ihrem Mann, daß die Gesellschaft des Karpfens besänftigend für ihre angespannten Nerven sei. Natürlich konnte in den Wochen von Adalberts Aufenthalt

keiner ein heißes Bad nehmen, aber damals konnte man, den neuen Anordnungen entsprechend, ohnehin nur samstagsabends warmes Wasser bekommen, und auch dann nur für zwei Stunden, und so störte Adalbert die Lanner-Familie nicht sonderlich.
Je näher Weihnachten heranrückte, desto lieber gewannen sie Adalbert. Er war schließlich etwas Einzigartiges, ihre geheime Freude, ihr versteckter Schatz, ihr großer Stolz. Im streng rationierten Wien gab es sehr wenige Leute, die am Heiligen Abend gebratenen Karpfen würden essen können. Dann jedoch wurde es immer schwerer, an Adalbert als einen Haufen knusprig gebratenen Fischs, eine goldene Köstlichkeit auf der alten Servierplatte mit Rosenmuster zu denken. Es war auch zu bezweifeln, ob Adalbert genug für die ganze Familie hergeben würde, weil sowohl Friedel als auch Paul, Annies Verlobter, auf Urlaub nach Hause kamen. Beide wurden Adalbert förmlich vorgestellt, der sie mit einem bösen Ausdruck prüfte. Friedel fühlte sich sofort zu ihm hingezogen, während Paul brummte, daß er ihn lieber nicht ungekocht gesehen hätte. Doch auch er beobachtete Adalbert, als er seine bescheidenen kleinen Tricks vorführte. Er sprang und schwamm in Kreisen, wenn der Doktor die Dusche aufdrehte; er schien zu hören, wenn Tante Mali ihn beim Namen rief, und er erlaubte Annie, seinen Bauch zu kitzeln. Als die Familie das Badezimmer verließ, erzählten sie einander, wie großartig es sei, daß sie am Heiligen Abend gebratenen Karpfen bekommen würden und wie gut er schmecken würde. Über ihrer gezwungenen Fröhlichkeit hing jedoch ein kleiner Schatten.
Der Ärger begann am Morgen des 24. Dezember. »Wer tötet mir den Karpfen?« fragte Tante Mali beim Frühstück. Sie nannte ihn nicht beim Namen, beinahe als wolle sie alle persönlichen Beziehungen zu Adalbert abbrechen.
»Bitte, Tante, bitte –«, weinte Annie und wurde leicht blaß,

weil sie kein Blut sehen, nicht einmal daran denken konnte, ohne ein komisches Gefühl im Magen zu spüren.
»Bitte, was? Wenn wir ihn essen wollen, müssen wir ihn töten«, sagte Tante Mali ungerührt.
»Was ist mit dir?« wandte sie sich an den Doktor. »Du bist Chirurg; du weißt genau, wie.« »Es tut mir leid – äh – ich habe keine Zeit –«, murmelte Dr. Lanner und verschwand schnell. Annie hatte das Zimmer vor ihm verlassen.
»Du, Hans?«
»Ich kann es mir nicht einmal vorstellen. Wir sind Freunde, Adalbert und ich. Mich mußt du entschuldigen, Tante.«
»Paul? Friedel?«
Beide jungen Männer, schneidig in ihren Uniformen, weigerten sich. Sie sagten, sie könnten es nicht. Man könne nicht einfach hingehen und ein Schoßtier töten, sagten sie. Darüber wurde Tante Mali wütend. »Wollt ihr mir erzählen, daß ihr Städte bombardieren und Häuser niederbrennen könnt, aber Weichlinge seid, die keinen Fisch töten können?« brüllte sie sie an. Die beiden Offiziere zuckten mit den Achseln. »Das ist etwas anderes, Tante Mali –«, sagte Friedel zuletzt mit einem unbehaglichen Lächeln. »Wir liegen nicht mit dem Karpfen im Krieg.«
Am Ende befahl Tante Mali Kati, die Sache zu erledigen, und Kati verschwand nörgelnd und protestierend im Badezimmer. Es folgten eine kurze unheilvolle Stille und dann ein Schrei, ein Platschen, ein Klatschen, gefolgt von einem komischen klatschenden Geräusch. Als Tante Mali Kati zu Hilfe eilte, fand sie das Mädchen in der Badewanne, durchnäßt und fluchend, und Adalbert wand sich und hüpfte auf dem Linoleumboden. Tante Mali sagte einige unfreundliche Dinge, zog Kati aus ihrem kalten Bad und tat den Karpfen wieder in die Wanne. Dann biß sie die Zähne zusammen, holte einen Hammer und ein Messer, kehrte ins Badezimmer zurück und schloß die Tür hinter sich ab.

Niemand wagte sie zu fragen, was mit Adalbert geschehen sei.
An dem Abend gab es keine Wachskerzen am Baum, keine Plätzchen, keine Patience, keinen Spanischen Wind. Die Geschenke auf den kleinen Tischen waren kärglich, und der weiße Damast, der sie bedecken sollte, war so schäbig, daß Frau Lanner sich entschuldigen mußte. Annie fragte ihren Vater, ob er wolle, daß sie das Evangelium aufsage, doch der Doktor antwortete nur mit einer schlaffen, resignierten Handbewegung, und sie gingen alle ins Eßzimmer und setzten sich. Da war der Festtagsgeruch brutzelnder Butter, und der Doktor richtete sich auf und zog ihn tief ein. »Riecht gut, nicht wahr?« sagte er händereibend.
»Beinahe wie in den alten Zeiten –«, sagte seine Frau, hielt jedoch sofort inne, als hätte sie eine peinliche Bemerkung gemacht.
»Hier kommt Adalbert –«, bemerkte Hans in die Stille, die der ungeschickten Bemerkung folgte. Das hätte er nicht sagen sollen. Die Tür ging auf, und Tante Mali trat ein, hielt die alte Servierplatte mit dem Rosenmuster hoch, auf der in einem kleinen Haufen die sterblichen Überreste Adalberts ruhten, braun, knusprig und vollkommen. Sie alle schlugen die Augen nieder, und Annie wurde wieder einmal blaß und griff unter dem Tisch nach der Hand ihres Verlobten. Friedel machte einen schwachen Versuch, an sein Glas zu klopfen und zu applaudieren, wie er es als kleiner Junge getan hatte, aber das kleine Klingeln erstarb sofort.
»Nehmt ein Stück, es gibt genug«, drängte Tante Mali. »Hier das ist aus der Mitte. Nehmt es, eßt es, es ist eine Delikatesse, ich habe ihn in reinem Butterfett gebraten – hier, Paul, Friedel, Annie – eßt. Es gibt heute abend in Wien nicht viele Leute, die einen Weihnachtskarpfen essen können.«
Alle versuchten zu essen, und alle gaben auf. »Ich kann

nicht –«, sagte der Chirurg. »So wahr mir Gott helfe, ich kann nicht. Er kannte mich, er mochte mich. Erst heute morgen – ihr hättet ihn sehen sollen, wie er sprang und hüpfte, als ich die kalte Dusche aufdrehte –«
»Und du bist Chirurg!« sagte Tante Mali grimmig. »Hansl – was ist mit dir?«
»Danke, Tante – ich bin nicht hungrig.«
»Friedel? Annie?«
»Ich kann nicht – wirklich, ich kann nicht, Tante Mali.«
»Du, Paul?«
»Danke. Ich habe mir nie was aus Karpfen gemacht –«
Der junge Flieger, der junge Leutnant, der junge Apotheker – alle schoben ihre Teller weg und legten ihre Gabeln nieder. Dann geschah etwas völlig Unerwartetes. Tante Mali fing an zu weinen.
Tante Mali, der Fels, die eiserne Frau, der Küchendiktator, warf die Arme auf den Tisch, legte das Gesicht darauf und schluchzte laut. Die Lanner-Kinder starrten sie an, wie man auf eine Naturkatastrophe starrt, einen Erdrutsch, einen brechenden Damm, einen Hurrikan. Sie klopften ihr auf die Schulter, streichelten ihre falschen braunen Locken und versuchten, sie zu trösten. Schließlich konnten sie die Worte, die sie schluchzte, verstehen.
»Wozu haben wir ihn dann getötet? Könnt ihr mir das sagen? Wozu haben wir ihn getötet?« schluchzte Tante Mali.
Sie schauten einander und dann den Doktor sprachlos an. Er saß aufrecht auf seinem Stuhl und sah über die Servierplatte, über den Tisch hinweg, er sah durch den Raum hindurch, er sah durch eine große weite Leere, die sie nicht sehen konnten, und er sagte langsam: »Ja – wozu töten? Wozu? Wozu?«
Und sie waren sich nicht sicher, ob er von dem Weihnachtskarpfen sprach.

Die Erzählungen »Hunger« (1922), »Der Weg« (1925) und »Jape im Warenhaus« (1931) wurden dem Band *Die Strandwache*. Novelle, Kiepenheuer & Witsch 1953, entnommen. »Der Weihnachtskarpfen« erschien zuerst auf englisch: *The Christmas Carp*, 1941. Die Übersetzung stammt von Karin Graf.